I0630443

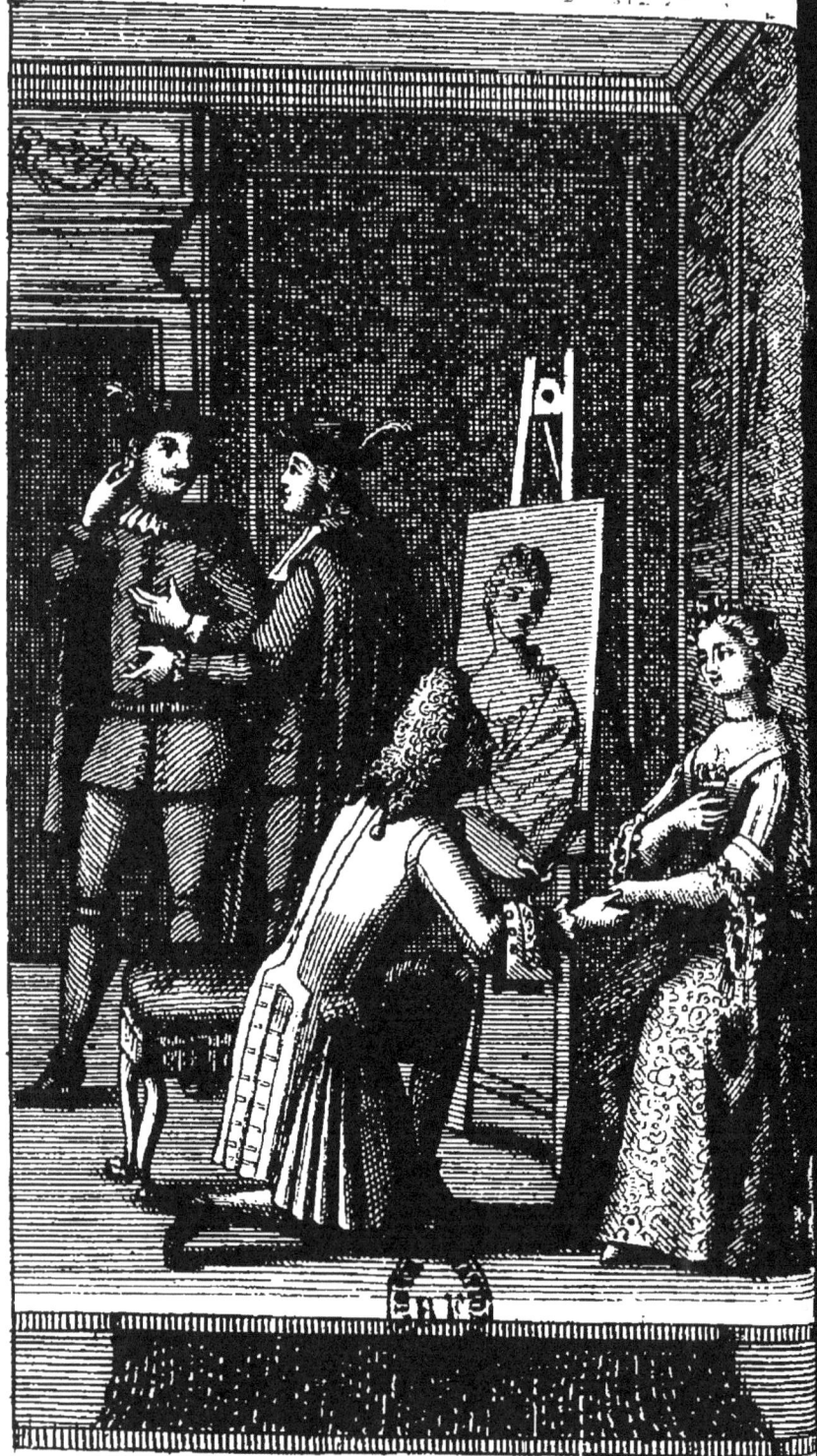

LA
DESCRIPTION
DE L'ISLE
DE
PORTRAITVRE,
ET DE LA VILLE
DES PORTRAITS.

A PARIS,

Chez CHARLES DE SERCY, au Palais, dans la
Salle Dauphine, à la Bonne-Foy couronnée.

M. DC. LIX.

AVEC PRIVILEGE DV ROY.

LETTRE
DE PERIANDRE
LE VOYAGEVR,
AV
SAGE EGEMON,
LE GVIDE DE LA VILLE
DES PORTRAITS.

QVI peut-on dédier plus justement la Description des singularitez de cette Isle de Portraiture, qu'à Vous qui auez esté le Conducteur & l'Instructeur de celuy qui a eu la curiosité de la voir, & qui a pris la har-

ã ij

LETTRE.

disse d'écrire ce qu'il y a observé, & ce qu'il en a sceu de vous? Continuez envers l'Ouvrage la protection que vous auez déja donnée à l'Ouvrier. Il en aura peut estre besoin, parce que chacun n'aime pas les Fables mysterieuses, ny les Figures significatiues: Toutefois il n'y a que les Personnes du Commun qui veulent de simples railleries, sans se plaire aux agreables Inuentions & Esprit. Pource que l'on a tant parlé de Portraits depuis quelques années, il a falu aussi en parler en ce lieu. Quelquesvns s'efforcent d'en faire, & l'Autheur de cette petite Histoire s'est contenté d'en chercher l'origine & l'vtilité, auec quelques autres circonstances. On jugera bien que cela regarde des Autheurs de Liures, & quelques moindres Escriuains, aussi bien que des Peintres; L'Allegorie n'en est point trop longue ny trop obscure, & on n'y rencontrera rien dont aucun se

LETTRE.

puisse offenser, s'il n'est des plus bigearres. Plusieurs mauuaises Coustumes sont rejettées sur les Estrangers, & nous rejettons encore maintenant sur eux toutes les autres, pour ne point fascher nos Compatriotes. Si quelques Gens mesmes sont accusez de certaines fautes ou erreurs, on en remarque le sujet, qui ne peut estre reuoqué en doute : C'est à eux à se gouerner autrement, & à suiure l'exemple des Sages qui sont loüez, s'ils veulent estre loüez de mesme. D'auoir rapporté qu'on a veu punir des Peintres & des Escriuains coupables, c'est vne justice necessaire, & qui est à desirer par tout. Mais supposé qu'il n'y ait point parmy nous de faiseurs de Peinture scandaleuse, ny d'autres mauuais ouurages, on peut neantmoins les condamner, afin qu'il n'y en ait point à l'auenir. De plus n'est-on pas icy attiré autant par la récompense que par la crainte ? Les honneurs qui

LETTRE.

sont accordez aux bons Peintres, ne sont-ils pas capables d'exhorter ceux qui s'a-donnent à ce bel Art, de s'en seruir legi-timement? Toutes les Personnes de mé-rite & de haute condition, sont respectées & loüées autant que le lieu le permettoit, & leurs Portraits sont beaucoup estimez. Ce ne seroit pas auoir profité de vos En-seignemens, sage Egemon, qui se gou-uerneroit d'vne autre maniere. Celuy qui a fait cet Ouurage, l'a fait comme vn Portrait de la belle Isle de Portrai-ture, & principalement de sa Ville Ca-pitale, la Ville des Portraits : Il seroit mal seant que ce Portrait ne se rendist pas conforme à son modele, & qu'il ne parust pas que i'y ay touché plusieurs fois selon vos auis. C'est pour montrer à cha-cun que ie vous ay suiuy & écouté, & que ie tiendray toûjours à honneur d'estre voftre plus zelé & plus affectionné Se-ctateur & Disciple, PERIANDRE.

Extrait du Priuilege du Roy.

PAR Grace & Priuilege du Roy, donné à Paris au mois d'Avril 1659. Signé, Par le Roy en son Conseil, IVSTEL, & scellé du grand Sceau de cire jaune: Il est permis à Charles de Sercy, Marchand Libraire à Paris, d'imprimer, ou faire imprimer, vendre & debiter vn Liure intitulé, *La Description de la grande Isle de Portraiture*, en telle marge, en tel caractere, & autant de fois que bon luy semblera, & ce durant le temps & espace de neuf ans entiers & accomplis, à compter du jour qu'il sera acheué d'imprimer la premiere fois: Et defenses sont faites à tous Libraires & Imprimeurs de ce Royaume, d'imprimer ou faire imprimer, vendre & debiter ledit Liure, en quelque façon & maniere que ce soit, sans le consentement de l'Exposant, ou de ceux qui auront droict de luy, à peine de deux mil liures d'amende, confiscation des exemplaires contrefaits, & de tous despens, dommages & interests, ainsi que plus au long il est porté audit Priuilege.

Registré sur le Liure de la Communauté le 16. Avril 1659. Signé, BECHET, Syndic.

Acheué d'imprimer la premiere fois le 24. Avril mil six cens cinquante-neuf.

Les Exemplaires ont esté fournis.

LA
DESCRIPTION
DE L'ISLE
DE
PORTRAITVRE,
Et de la Ville des
Portraits.

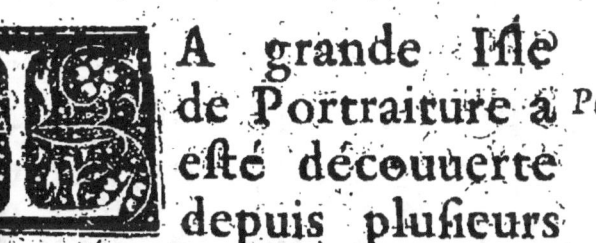

LA grande Isle de Portraiture a esté decouuerte depuis plusieurs siecles, mais iamais elle n'a esté si celebre qu'elle est depuis deux ou trois ans.

L'Isle de Portraiture.

A

Les voyages frequens que pluſieurs François y ont faits, & le commerce qu'ils y ont étably, l'a renduë vne Terre des plus conſiderables où l'on puiſſe aller. On tient que ſa ſituation eſt juſtement au milieu du Monde, afin qu'elle ſemble eſtre comme la Reyne des autres Iſles; & pour ſon abord, il eſt tres-agreable & tres-facile à ceux qui ſçauent bien choiſir le vent qui y conduit. Ie m'eſtois embarqué dans vn Vaiſſeau équipé pour ce voyage, où ie trouuay deux de mes anciens amis, Erotime & Gelaſte, touchez d'vn meſme deſſein que le mien, qui eſtoit de voir cette belle Iſle, & les

Erotime, ſignifie vn bomme qui tire ſa gloire & ſon honneur d'eſtre amoureux; Gelaſte, c'eſt vn bomme qui n'aime qu'à rire.

...aretez qui s'y rencontrent. Comme on ne parloit plus ...Paris que de Portraits, & ...ue tous les bons Eſprits ...ſtoient curieux d'en auoir ...u d'en ſçauoir faire, nous ...ſtions rauis d'aller au lieu ...ù habitoient les meilleurs ...Maiſtres de cet Art, & d'où ...on croyoit qu'en venoit ...origine. Nous nous apper- ...eûmes aiſément que nous ...n eſtions proches, quand ...ous viſmes que la Mer, ou- ...e ſa couleur tantoſt verda- ...re, & tantoſt bleüaſtre, en ...renoit quantité d'autres di- ...erſes, & la Terre que nous ...écouurions parut auſſi fort ...igarrée. Tous les nuages ...ui eſtoient éleuez au deſ- ...us de l'Iſle, compoſoient

A ij

diferentes figures, où l'imagination des Contemplatifs
pouuoit trouuer tout ce
qu'elle desiroit. Estant arriuez au Port, nous vismes
quantité d'Hommes occu-
pez à chercher diuers gen-
res de terres & de pierres,
pour en faire des Peintures
de toutes couleurs; Les
autres choisissoient parmy
le sable les plus belles co-
quilles, pour y mettre ces
Peintures. D'autres arra-
choient les plumes de quelques Oyseaux, & le poil
de quelques Bestes, pour en
faire des pinceaux, & nous
en vismes encore qui ac-
commodoient des Tables &
des Toiles pour peindre,
Tout cecy se faisoit dans des

Cabanes situées sur le chemin de la grande Cité de
Portraiture, ou Ville des
Portraits, & dans des Ha-
meaux voisins, ausquels s'ar-
restoient ceux qui n'estoient
pas dignes de passer plus outre, & qui n'estant pas capables de peindre, se de-
uoient contenter d'vn moindre exercice, en attendant
qu'il plût à la Fortune de les
placer en quelque degré
plus éleué. Les Fauxbourgs
de la Cité, ou Ville des Portraits, estoient encore remplis de Gens adonnez à de
semblables occupations, &
de plus à broyer les cou-
leurs, à les étendre sur les
palettes, & à tout ce qui ser-
uoit de preparatifs aux cele-

A iij

bres Ouuriers qui se trouuoient dans la Ville.

La Ville des Portraits. Lors que nous y fusmes entrez, nous auoüasmes que dans toute la Terre, il ne se trouuoit pas vne Ville plus agreable. Les ruës estoient longues & droites, & d'vne conuenable largeur. Les edifices estoient tous ornez de Statuës, de Figures de relief & à demy bosse ; Les murailles estoient embellies de diuerses Peintures, qui faisoient qu'en quelque endroit qu'on allast, on y trouuoit des ornemens plus grands que dans les plus belles Galeries des Palais des Monarques. On voyoit là en public les Statuës & les Portraits de tous les Heros

que l'Antiquité auoit ré-
uerez, pource qu'ils eſtoient
déja communs à tout le
Monde ; & la pluſpart des
Portraits des Hommes mo-
dernes eſtoient conſeruez
dans les Maiſons, où l'on les
montroit ſeulement à ceux
qui auoient beſoin de les
rechercher. Les Curieux en
auoient des Chambres & des
Cabinets pleins ; Les Marchands en reſeruoient auſſi
dans leurs Magazins & leurs
Boutiques, mais ils n'eſ-
toient pas en ſi bon ordre,
& l'on n'en trouuoit pas
moins chez ceux qui trauail-
loient à de tels ouurages;
Tellement que ſi Demetrius
aſſiegeant la Ville de Rho-
des, empeſcha qu'on ne miſt

A iiij

le feu vers le Quartier où re
eſtoient les Tableaux de fa
Protogene, il auroit falu, tr
s'il auoit aſſiegé vne Ville T
comme celle-cy, qu'il l'euſt ju
épargnée toute entiere, puis ja
qu'elle eſtoit pleine de Ta- d'
bleaux de tous les coſtéz. do
A dire la verité, tous les Ha- p
bitans de la Ville eſtoient ri
Peintres ou Marchands de au
Portraits. Il n'y en auoit d
qu'vn petit nombre, qui e
auec cela eſtoient employez &
à preparer les commoditez a
neceſſaires à la vie; mais ils m
meſloient tous leur Art d
auec celuy de Peinture. On L
n'euſt pas pû auec raiſon p
parler à vn Cordonnier, ou r
à vn autre Artiſan, comme p
fit Apelle à celuy qui ayant t

repris quelque chose à la
façon des Souliers qui se
trouuoient dans l'vn de ses
Tableaux, vouloit encore
juger de la proportion d'vne
jambe, & de la drapperie
d'vne Robe; Que le Cor-
donnier, luy dit-il, ne passe
point le Soulier. Il n'y auoit
rien à reprocher mesmes
aux Cordonniers de la Ville
des Portraits, puis qu'ils y
estoient tous bons Peintres.
& qu'outre qu'ils donnoient
aux Souliers vne forme com-
mode & galante, ils faisoient
dessus diuerses Peintures.
Les Tailleurs ne faisoient
point d'habits, qu'ils n'y
representassent diuers ca-
prices; de sorte qu'il y auoit
tel Homme qui estoit tout

couuert de Portraits ; Les
Amans volages pouuoient
faire, s'ils vouloient, que
leur habit fuſt orné des Portraits de toutes leurs Mai-
ſtreſſes, & qu'il y en euſt au
moins de pendus à chaque
baſque de leur pourpoint :
Par ce moyen on voyoit
au dehors tout ce qui eſtoit
dépeint dans leur Cerueau.
Les Charpentiers, les Maſ-
ſons, les Menuiſiers, & les
Serruriers, n'accōmodoient
rien aux Maiſons, qu'ils n'y
fiſſent quelques figures, afin
que le logement reſſemblaſt
à l'habillement. Il faloit encore obſeruer cecy dans
tout ce qui ſeruoit à la nour-
riture. Les Boulangers donnoient à leur Pain diuerſes.

figures plaisantes, les Patis-
siers en faisoient de mesme
de toutes leurs Pieces de
four, & les Cuisiniers taschoient que leurs fricassées
& leurs saupiquets representassent quelque chose d'a-
greable, ayans enuie de
plaire à l'humeur des Gens
du Païs & du Siecle, & pour
leur propre satisfaction, tant
les Esprits estoient portez à
la Peinture & à la Portraiture. On voyoit bien que
quelque influence de Peinture regnoit alors sur l'V-
niuers, bien qu'on eust de
la peine à trouuer qui elle
estoit, & à se la representer
dans la disposition des Astres; pource qu'il n'arriue
pas aux Astres de si grands

A vj

changemens que l'on s'ima-
gine, & que ce qu'ils veulent
aujourd'huy, ils pouuoient
le vouloir dés il y a long-
temps; Tant y a que cette
Constellation bigearre &
agreable exerçoit son Em-
pire principalement sur nostre France, & sur cette belle
Isle, où ie me trouuois alors,
dans laquelle chacun estoit
Peintre de profession, &
c'estoit le Mestier des Mes-
tiers, ou l'Art des Arts, & la
Science des Sciences. Il n'y
auoit pas jusqu'aux moin-
dres Valets des Maisons, qui
n'eussent tousiouts vn charbon à la main, pour faire des
Grifonnemens contre les
murailles, & y tracer des
Portraits grottesques & ri-

dicules ; Mefmes on ren-
controit des Hommes bien
faits, qui en fe promenant
dans quelques Places de la
Ville, faifoient des Cadeaux
fur le paué, fur la terre, fur
le fable, & fur la bouë à demy feche; Auffi il ne venoit
perfonne en ce lieu que
pour apprendre à peindre,
ou pour fe faire peindre par
les autres, ou pour acheter
diuers Portraits, & par vne
extréme curiofité qu'on
auoit de voir des Peintures
de toutes les fortes.

Nous vifmes plufieurs
Ruës qui auoient diuers
Noms, felon l'application
de ceux qui y demeuroient;
La plus grande, & la plus
belle, eftoit celle des Pein-

La Ruë des Peintres Heroïques.

tres Heroïques, où quantité
de Perfonnes entroient à
deffein de fe faire peindre;
Car la plufpart de ceux qui
auoient entrepris vn fi grãd
voyage, pour auoir le bon-
heur de fe trouuer dans l'Ifle
de Portraiture, l'auoient fait
par vn excés de vanité &
d'ambition, & par la croyance qu'ils auoient de meriter
que leur Memoire fuft con-
feruée eternellement auffi
bien que celle des plus grãds
Heros de l'Antiquité : Mais
ces Meffieurs les Peintres
Heroïques faifoient fort les
rencheris ; Ils demandoient
tant d'argent d'vn Portrait,
qu'à peine l'original valoit-
il autant. Les bons ména-
gers alloient donc chercher

de maison en maison les
Peintres qui ne deman-
doient pas beaucoup de
chose pour recompense de
leur trauail, mais il arriuoit
que ceux qui le laissoient à
fort bon marché, y reüssissoient le moins, & qu'ils donnoient à chacun de la mar-
chandise pour son argent.
Ce qui en rendoit plusieurs
si difficiles à contenter, c'est
que des vns & des autres on
en trouuoit qui se plaignoiēt
d'auoir esté trōpez par ceux
qui les auoiēt mis en besogne,
mais en vengeance de cecy
ils en faisoient apres des
Portraits difformes, qu'ils
exposoient en public pour
leur faire honte. Que si le
dessein de ceux qui auoient

voulu se faire peindre, estoit
de faire parler d'eux, on peut
dire qu'ils y reüssissoient assez, mais que c'estoit à leur
des-honneur. Quand ils
voyoient que ce mal leur
alloit arriuer, ils taschoient
à y remedier par prieres &
par presens, en quoy ils
reüssissoient d'ordinaire, fai-
sans reformer ce qui auoit
esté fait. Car ceux qui les
auoient voulu offenser, pour
n'auoir pas receu l'argent
qu'ils souhaitoient, en estoient assez détournez quãd
ils le reccuoient, puis que la
querelle n'estoit venuë que
faute de cela. Les Hommes
puissans & fiers prenoient
vne autre voye; Ils menas-
soient les Peintres de les

battre, & les battoient en
effet, tellement qu'ils eſtoient contraints de briſer
ou d'effacer leurs Ta-
bleaux, ou de les tenir ca-
chez quelque temps; &
quelquefois ils eſtoiẽt citez
pardeuant le Iuge pour les
auoir faits. Les meilleurs
Peintres, à l'imitation de
Zeuxis, auoient accouſtumé
de donner gratuitement les
plus beaux Portraits qu'ils
faiſoient, pource qu'ils
croyoient que l'argent, ou
choſe qui l'égalaſt, n'eſtoient point capables de les
recompenſer, & que leur
ſeule gloire eſtoit leur re-
compenſe; mais on auoit
plus de peine à tirer de l'ouurage de ceux-cy, que dè

tous les autres : Ils ne tra-
uailloient que quand il leur
plaisoit, & pour des Gens
qu'ils choisissoient, plustost
que pour ceux de qui ils
estoient priez, & de qui ils
deuoient esperer grande recompense ; Neantmoins
tous ces Gens là estans fort
conuoiteux de gloire, ne
refusoient l'entrée de leur
porte à personne : Ils estoient rauis qu'on les vist
trauailler, & qu'on conside-
rast leur trauail, sur l'espe-
rance d'en receuoir de l'ho-
neur & des loüanges. Ie vi-
sitay les vns & les autres
auec hardiesse, & de vray ie
vy chez eux des Portraits
merueilleux ; mais en ayant
confronté quelques-vns au

viſage de ceux pour qui ils
eſtoient faits, leſquels ſe
rencontrerent là fortuite-
ment, ie connus que c'eſ-
toit des Portraits flateurs &
menteurs, qui faiſoient les
perſonnes beaucoup plus
belles, & de meilleure mine
qu'elles n'eſtoient, tellement qu'il n'y auoit que
ceux qui ne voyoient point
l'original qui y pûſſent eſtre
trompez. Les Peintres meſmes le conſeſſoient inge-
nuëment, & diſoient ſans
heſiter, qu'ils eſtoient contraints de ſeruir chacun à ſa
mode.

Ie voyois entrer chez eux
des Hommes & des Femmes
de toutes conditions, les vns
en habit modeſte, & les au-

De ceux qui ſe faiſoient peindre maſ-quez & dé-guiſez.

tres fort braues ; Les vns
vieux, & les autres jeunes ;
les vns triftes, & les autres
gays. Ce qui me furprit le
plus, fut d'y trouuer encore
quantité de perfonnes mafquées. Ie ne fçauois fi c'eftoit en ce lieu là le temps du
Carnaual, ou s'il y duroit
toute l'année ; Ie m'atten-
dois que quelqu'vn des Mafques nous alloit prefenter
vn Cornet & des Dez, auec
vne bourfe de piftolles, &c.
que les autres feroient au
moins quelques Pas de Sa-
rabande ; Mais i'appris bien
toft que tous ces Gens là
ne mafquoient point par
Galanterie, & pour aller
porter des Momons quel-
que part, ny pour dan-

fer Balet ; Qu'au contraire
tout leur foin eftoit de faire
croire qu'ils n'eftoient point
mafquez. Il y en auoit auffi
dont les mafques eftoient fi
bien faits, & fi adroitement
attachez ou collez, qu'on
les prenoit pour leur vray
vifage. Ils les auoient choi-
fis les plus beaux qu'ils les
auoient pû trouuer : Ils
auoient encore eu foin de
fe faire accommoder leur
cheuelure auec vn artifice
merueilleux, plufieurs por-
tans des perruques de che-
ueux empruntez qui fem-
bloient eftre naturels. Il y
en auoit mefme qui ayans eu
les yeux creuez, portoient
de faux yeux. Ils vouloient
qu'on crût qu'ils voyoient

fort clair, encore qu'ils ne
vissent goutte ; I'en re-
marquay vn qui auoit de
beaux Bas de soye, & de
beaux Canons à ses jambes,
lequel, à ce qu'on disoit, n'a-
uoit dedans que des jambes
de bois, & se soustenoit sur
vne bequille. Vn autre n'a-
uoit que des bras postiches,
& sans mouuement, comme
les Geans des Carrouzels ;
de maniere que ces deux
Hommes n'estoient pas ca-
pables d'agir en toute sorte
d'actions, quoy qu'il sem-
blast à la premiere aparence
que rien ne leur manquast.
Cependant suiuant leurs or-
dres donnez, il faloit faire
le Portrait de l'vn courant à
la Chasse, & l'autre l'espée

nuë à la main preſt à fraper
les ennemis. Pour les habits
des vns & des autres, ils eſtoient tres-magnifiques, &
la pluſpart ne ſe ſoucioient
point s'ils eſtoient confor-
mes à leur naturel & à leur
condition. Quelques Ma-
giſtrats eſtoient habillez en
Courtiſans, Quelques Courtiſans effeminez eſtoient é-
quipez en Hommes de guer-
re, & armez de toutes pieces. Soit qu'ils euſſent deſſein de tromper les Peintres
ou les autres Hommes, ils
vouloient tous que leur Portrait fuſt fait ſur ce qu'ils pa-
roiſſoient eſtre, non pas ſur
ce qu'ils eſtoient effectiue-
ment. Mais ie dy alors qu'ils
prenoient donc beaucoup

de peine superfluë de venir
chez les Peintres, & qu'il
n'y auoit qu'à leur enuoyer
leurs masques, leurs mem-
bres postiches, leurs habits,
& leurs autres ornemens &
déguisemens auec lesquels
ils vouloient qu'on les re-
presentast, & que les regar-
dant seulement, ou les met-
tant sur vn Manequin de
Peintre, cela suffiroit pour
faire leur Portrait selon leur
intention ; car on pouuoit
imiter les traits & le coloris
de leurs Masques, & donner
tels replis & tels ombres que
l'on voudroit à leurs ha-
bits, selon la posture qu'on
leur feroit tenir. Ayant
tracé aussi la première Ordonnance, & fait quelque
rude

Vn Mane-
quin de Pein-
tre est vne
Statuë de
bois, ou autre
matiere, qui a
des jointures
qui se plient,
de sorte qu'on
la met en telle
posture qu'on
veut.

rude ébauche, on auoit loi-
sir apres de repasser sur toutes les parties, & chercher
la perfection. I'obseruay encore que ceux qui se fai-
soient peindre auec tant de
soin, ne se contentoient pas
de ces Tableaux de platte
peinture, que les Peintres
pouuoient exposer en pu-
blic, apres les auoir acheuez;
Ils passoient dans des Cabinets secrets, où ils faisoient
trauailler d'excellens Ouuriers, & l'on disoit, que
c'estoit apres cela que l'ouurage paroissoit bien acheué. Ie m'informois de cette
particularité à tous ceux que
ie rencontrois, lors qu'vn
sçauant Homme que i'a-
borday entre les autres, se

B

perſuada que ma curioſité
meritoit d'eſtre ſatisfaite.
Il m'apprit que tous ceux
que i'auois veu peindre auec
de faux viſages, eſtoient des
grands & des riches du
Monde, qui deſiroient que
les Peuples les priſſent pour
des Heros & pour des demy
Dieux, encore qu'ils ne fuſſent rien de cela; Et qu'afin
qu'on euſt auſſi bonne opinion de leurs beautez inte-
rieures & cachées, comme
de celles du dehors, les Peintres dont ils faiſoient le plus
de cas, & qui leur eſtoient
les plus vtiles, eſtoient ceux
qui ſçauoient dépeindre les
qualitez de l'Eſprit auec
celles du Corps; ce qu'ils
accompliſſoient par des Eſ-

crits remplis d'vne Elo-
quence vaine & pompeuſe,
qui n'eſtoit qu'vne agreable
mpoſture. I'en remarquay
iſément les menſonges, car
l y en auoit de fort groſ-
iers, quoy qu'à l'abord ils
aruſſent ſubtils; Mais de
eur que ie ne conceuſſe vne
mauuaiſe opinion de tous
es Peintres Heroïques en
general, le Sçauant qui me
guidoit, appellé Egemon,
me mena dans vne Galerie
où ie vy les Portraits des
Princes & des Princeſſes de
noſtre Cour Françoiſe & de
eurs grands Miniſtres, auec
eurs Eloges écrits au bas en
caracteres d'or, où ie ne
trouuay que des Veritez in-
dubitables. Il me ſembloit

Egemon, ſi-
gnifie Guide,
ou Conducteur
& Gouuerneur

B ij

mefmes que ceux qui auoiĕt
trauaillé à de tels ouurages,
n'y auoient pas trauaillé affez auantageufement, pource que tant de rares chofes
ne pouuoient pas eftre con-
tenuës en fi petit efpace. Ie
fus rauy d'auoir veu des Portraits fi excellens, que ie ne
me laffois point de les con-
fiderer : l'employay apres
quelques momens à retour-
ner voir les Portraits des
Perfonnes mafquées & dé-
guifées, & i'eus la curiofité
de m'enquerir particuliere-
ment de leurs noms & de
leur païs, On me les fit paffer prefque tous pour autres
que pour François, foit
qu'on ne vouluft point me
defobliger, ou que verita-

blement il n'y euſt point de Gens de noſtre Nation ſuſ-ceptibles de cette folie. Pour me diuertir dauanta-ge, Egemon me voulut me-ner voir des Portraits, non pas tout à fait contraires aux premiers, mais de diferente eſpece.

Ie paſſay dans la Ruë des Peintres amoureux, dont la plufpart des Portraits eſ-toient fort éloignez du na-turel. Les Peintres qui tra-uailloient pour autruy, n'eſ-toient pas là en ſi grand nombre, que ceux qui tra-uailloient pour eux-meſ-mes. Ce qui leur faiſoit prendre cette peine, n'eſ-toit pas tant pour épargner la dépenſe, que pour ce

La Ruë des Peintres a-moureux.

B iij

qu'ils ſe figuroient qu'aucun &
ne pouuoit ſi bien reüſſir fa
qu'eux aux Portraits qu'il do
vouloient faire, quand meſ ſe
mes ils n'euſſent eſté qu'a y
prentifs dans l'Art de pein do
dre. Ils faiſoient donc les p
Portraits de leurs Maiſtreſ S
ſes, ſe dépeignans auſſi quel tr
quefois dans vn meſme Ta p
bleau. Ceux de leurs Maiſ r
treſſes eſtoient les plus gran fi
des flateries qu'on ſe pou q
uoit imaginer. Il ne s'er P
trouuoit iamais aucune qu q
euſt quelque imperfection P
Elles eſtoient toutes des q
Nymphes & des Déeſſes c
Les plus viues couleurs eſ r
toient employées à dépein
dre leurs Viſages, & toutes
les parties de leurs Corps

& dans les Eloges qu'ils en
faisoient par écrit, ils leur
donnoient la figure & la res-
semblance de tout ce qu'il
y auoit de plus apparent &
de plus beau dans la Nature,
prenant leurs yeux pour des
Soleils ou pour quelques autres Astres, leur bouche
pour des branches de Co-
rail, & leurs dents pour des
filets de Perles ; tellement
qu'on en pouuoit faire des
Portraits aussi fantasques
que celuy de la Charite du
Berger Extrauagant, bien
que ceux à qui ces façons
de parler estoient ordinai-
res, s'en seruissent dans leurs
pensées les plus serieuses.
D'autres plus éclairez &
plus ingenieux, faisoient des

B iiij

Portraits fi galants & fi a-
greables, qu'on receuoit vn
plaifir fingulier de leurveuë,
Mais à l'opofite quand ils fe
reprefentoient eux-mefmes,
ils fe faifoient fi hideux & fi
épouuantables, qu'on en
deuoit auoir autant de peur
comme de pitié, & ie ne fçay
comment ils fe pouuoient
perfuader de plaire par ce
moyen à leurs Maiftreffes.
Il eft vray que leur lan-
gueur, leur teint pafle, leurs
yeux battus faute de dor-
mir, & toutes les marques
infaillibles de leurs inquie-
tudes, ne fe trouuoient que
fur la Toile de leur Tableau;
Leur Corps fe portoit bien,
tandis que leur Portrait le
reprefentoit malade. Ero-

time, l'vn de mes Compa-
gnons, demeura neantmoins
charmé de leurs douces paroles; & pource qu'il auoit
fait vne Maiſtreſſe depuis
peu dedans ſa Prouince, il
eſpera que par leur Art il
luy gagneroit le cœur. Il
taſcha de la décrire à ces
Gens-cy telle qu'elle eſtoit;
& comme i'ay ſceu depuis,
apres en auoir fait vne é-
bauche ſur ſa deſcription,
ils donnerent vn tel agré-
ment à ce qu'ils faiſoient,
qu'il luy ſembla que c'eſtoit
l'ouurage le mieux finy qui
euſt iamais eſté, & qu'il y
auoit quelque puiſſance de
Magie en eux pour ſçauoir
peindre les perſonnes ſur vn
ſimple recit, & ſans les auoir

B v

iamais veuës. Ils n'auoient
garde de manquer de representer sa Maistresse à son
gré, parce qu'ils la firent
fort belle. Le temps qu'il
fut là, fut encore employé à
la peindre luy mesme, tantost en grand, tantost en petit, & auec des coiffures &
des habits de toutes les ma-
nieres qu'il se les pût imaginer, pource que la fan-
taisie d'vn Amant a de la
peine à estre satisfaite. Gelaste, qui estoit mon autre
Amy, estoit demeuré pres
de moy ; Ie me consolois de
sa compagnie, qui estoit fort
agreable, parce qu'il prenoit du plaisir à toutes choses, & qu'il taschoit de faire
que les autres n'y en eussent

pas moins; Mais il me quitta peu de temps apres, se laissant emporter à ses desirs & à sa curiosité. Nostre conuention auoit esté deuant que de partir pour nostre voyage, que chacun de nous auroit la liberté de suiure ses pensées & son Genie. Ie deuois me preparer à tout.

Dés lors qu'Erotime nous eut quittez, Gelaste & moy nous apperceûmes deux petites Ruës assez proches l'vne de l'autre, & qui trauersoient les grandes. Dans la premiere il y auoit vne joye extréme: On ne faisoit que danser, sauter, & rire; Les Habitans des lieux y excitoient tous ceux qui passoient, & principalement

La Ruë des Peintres Burlesques & Comiques.

B vj

ceux qui s'y arreſtoient, C'eſtoit les Peintres Burleſques & Comiques; Ils faiſoient des Portraits ridicules de leurs Amis, dont ils ne s'offenſoient point; & ils en faiſoient de ſemblables d'eux-meſmes, par leſquels ils ne croyoient point s'expoſer à vne moquerie veritable, d'autant que tout ce qu'ils entreprenoient n'eſtoit que fiction & galanterie. Il faloit pourtant qu'ils gardaſſent auec ſoin vn agreable milieu dans ces choſes, craignant de tomber dans le mépris des Hommes graues & ſerieux.

La Ruë des Peintres Satyriques. Quand i'eus viſité toute cette Ruë auec vn ſouuerain plaiſir, ie voulus paſſer dans

la Ruë voifine, où il ne fembloit pas d'abord y auoir vn
vn moindre fujet de diuertiffement: Toutefois ayant
veu les ouurages de deux ou
trois Peintres, ie trouuay
que parmy les agreables
traits de leur pinceau, ils
mefloient ie ne fçay quoy
de piquant & de farouche.
C'eftoit auffi les Peintres
Satyriques, qui ne faifoient
les Portraits des Gens que
pour fe moquer d'eux. Perfonne ne s'adreffoit à ceux-
là, pour faire faire fon Portrait ; Si l'on les prioit d'en
faire quelques-vns, c'eftoit
ceux de fes ennemis : On
n'auoit pas fujet de leur
chercher pratique ; Ils n'at-
tendoient pas les prieres ny

les auis d'aucun pour trauailler; Sans ceffe ils fe donnoient de la befogne d'eux-
mefmes : Il y en auoit qui
fe tenoient fur leur porte,
& qui s'auançoient iufqu'au
milieu de leur Ruë, auec le
porte-feüille & le crayon à
la main, pour faire le Portrait de tous ceux qui paffoient, mais c'eftoit auec des
grimaffes & des poftures ridicules. L'vn d'eux qui fe
tenoit accroupy fur fa porte
comme vn Singe attaché à
fon billot, eftoit à l'affuft
pour tirer promptement de
fon Pinceau, ou de fon
Crayon, le premier qui paf-
feroit; & il fe perfuadoit
que cela n'eftoit pas moins
dangereux que de tirer les

Gens à coups d'Harque-
buze. Il en vouloit à mon
Compagnon & à moy, ou à
noſtre Guide, Mais Gelaſte
qui ſçauoit déja vn peu deſ-
feigner, & auoit ſur luy ce
qu'il luy faloit pour cela,
s'auiſa plaiſamment de ſe
mettre de l'autre coſté de
la Ruë en ſemblable aſſiete,
comme pour peindre ce
Ruſtre encore plus ridicu-
lement qu'il ne le peindroit.
Le Peintre Satyrique voyant
que Gelaſte prenoit cent po-
ſtures bigearres pour ſe moquer de luy, en enrageoit de
bon cœur, & ſe démenoit la
pluſpart du tẽps cõme vn Poſ-
ſedé. Enfin voyant l'opinia-
ſtreté que cet étrange Emu-
lateur auoit à le regarder, & à

griffonner apres sur son papier, il quitta la partie de
dépit qu'il eut, & se ren-
ferma dans sa Cabane. Vn
de ses Voisins me guignant
de l'œil pour mesme dessein,
ie n'eus pas la patience qu'a-
uoit eu mon Compagnon;
Ie ne m'amusay pas à me
seruir de son remede. Ie
crûs que d'aller faire sem-
blant de vouloir peindre ce
Galand-cy, c'estoit lutter
auec luy de pareilles armes,
& luy faire trop d'honneur.
Le baston estoit plus propre
à chastier de telles Gens, que
le pinceau ou la plume. Ie
leuay contre luy vne Canne
que i'auois à la main ; ce qui
luy fit mettre son porte-
feüille au deuant en guise de

bouclier. Au mefme temps comme cette maniere de Gens eftoit lafche & timide, il fe jetta à genoux à mes pieds, en me demandant pardon, & m'affeurant que ce qu'il auoit pretendu faire, n'eftoit que par fimple diuertiffement. Il m'appella mefmes tantoft Periergos, & tantoft Periandre, qui eftoit à peu pres le nom qu'on me donnoit, & c'eftoit afin de me toucher dauantage, en me montrant qu'il fçauoit mon nom, & qu'il eftoit de ma connoiffance. Ie retins le coup alors, & ie laiffay ce Satyrique en fa liberté, fçachant bien que s'il continuoit long temps fon exercice, ie n'a-

Periergos, en Grec fignifie vn Curieux; & Periandre, eft vn nom aprochant qui eft pris pour l'autre, & peut fignifier vn Homme qui va toufiours autour des chofes qu'il recherche & qu'il aime.

uois pas befoin de me mettre en peine de me venger
de luy, & que i'en ferois affez vengé par d'autres. Incontinent apres nous vifmes
deux ou trois de ces Peintres
fort mal-traittez par quelques Gens armez ; & ceux
qui nous auoient voulu faire
niche, s'en eftans voulu mef-
ler, ils furent fi bien frottez,
qu'ils auoient grand fujet de
renoncer à là Peinture:
Neantmoins Egemon m'af-
feura qu'ils aimoient tant le
meftier qu'ils auoient ac-
couftumé de pratiquer, que
fi-toft qu'ils eftoient gueris
du mal qu'on leur auoit fait,
ils s'en procuroient de nouueaux par le mefme moyen;
de forte qu'on pouuoit dire

qu'ils ne cherchoient que
playe & boffe ; qu'ils ne fe
plaifoient qu'à faire gagner
les Barbiers & les Sergens ;
car la Iuftice connoiffoit
fouuent auffi de leurs faits
fur les plaintes renduës par
ceux dont ils auoient ex-
pofé au jour quelque Peinture Satyrique. Nous ef-
tions au bout de leur Ruë,
lors qu'vn de ces Hommes
mafquez que nous auions
déja veus, y paffa fortuite-
ment. Il faloit que pour fon
malheur il fe fuft détourné
du grand chemin, & qu'il ne
fceuft pas combien il faifoit
mauuais de tomber à la mer-
cy de telles Gens. Ils ne l'eurent pas fi-toft apperceu,
qu'ils fortirent de leurs mai-

fons en grand nombre, & le
coururent de mefme que la
Canaille des Villes court
apres les Foux, & apres tous
ceux qui ont en eux quel-
que chofe d'extraordinaire.
Quand ils l'eurent attrapé,
ne craignans point les Hommes armez qui auoient fait
retraite, ils luy rompirent
les cordons de fon mafque,
l'arracherent de fon vifage,
& le foulerent aux pieds ; &
pource que fon étonnement
l'auoit rendu ftupide & im-
mobile, ils crûrent qu'il
leur donnoit beau jeu pour
fe laiffer peindre en fon naturel, tellement qu'ils s'a-
preftoient à bien trauailler;
mais eftant reuenu à luy, &
au mefme inftant s'eftant

fenty libre, il commença de
s'enfuir, & en jetta par terre
deux ou trois qui luy faifoient obftacle ; Ils coururent apres luy de plus grande vehemence qu'aupara-
uant; & touchez de furie, ils
luy arracherent vne partie
de fes habits, de mefme que
s'ils euffent voulu fe feruir
de luy pour peindre vne nu-
dité. De peur qu'il ne leur
échapaft à ce coup, ils le
lierent à vn poteau, comme
s'ils l'euffent mis au car-
quan ; & les vns s'eftant affis
fur de petites felles, les autres ayans vn genoüil en
terre, & le porte-feüille fur
l'autre, ils recommencerent
leur trauail auec attention,
le choififfans pour leur com-

mun objet ; & l'on peut dire
qu'ils fe mirent tous autour
de luy, ainfi que les Peintres
d'vne Academie fe mettent
autour de leur Modele, qui
eft quelquefois vn Homme
viuant, & quelquefois auffi
vne Statuë de Bronze ou
de Marbre, dont les vns
veulent tirer le Crayon de
porfil, les autres de front,
les autres de dos, felon qu'ils
en ont befoin, ou felon le
cofté qui leur plaift dauantage. Pour luy il ne ceffoit
de crier à l'aide, & de leur
dire cent injures, mais ils ne
s'émouuoient point de cela,
& continuoient toufiours
leur ouurage. Ie difois à tous
ceux qui eftoient pres de
moy, que s'ils vouloient

'affister, nous irions le de-
urer; mais mon fage Guide
e repartit en foûriant;
Que cet Homme n'en va-
it pas la peine; Qu'il n'ef-
oit pas digne qu'on euft
itié de luy; Qu'il meritoit
e traitement, & vn autre
ncore pire; Que c'eftoit
n Mefchant qui vouloit
acher fa malice par fon
Hypocrifie, & que c'eftoit
ien fait de la découurir;
Qu'il le faloit mettre nud
omme la Main; Qu'il fe
ouuroit d'vn mafque doux
bénin, & d'vn habit mo-
efte, lors que dans fon in-
erieur ce n'eftoit que fu-
eur & cruauté; Qu'on
uoit l'obligation aux Peines Satyriques de ce qu'ils

ne pouuoient souffrir ceux
qui cachoient ainsi leurs
vices & leurs defauts, &
qu'ils les manifestoient hardiment à tout le Monde.
Mais qu'il y auoit ce mal
eux qu'ils attaquoient aussi-
tost les honnestes Gens &
les Vertueux comme les autres, n'estant pas tousiours
capables de connoistre leur
merite, & n'ayans pas le vray
Esprit de discernement. Gelaste, le Compagnon de
voyage qui m'estoit resté
les auoit en extréme hor-
reur; & pource qu'il estoit
venu là pour se perfection-
ner en l'Art de Peinture,
choisit la maniere des Peintres Comiques qui estoit
propre à son humeur jo-
uiale

uiale. Ce fut alors qu'il nous dit adieu, s'en allant vers ces Gens-cy pour profiter de leurs leçons ; mais ce fut auec asseurance qu'il me viendroit bien-tost rejoindre ; ce qui adoucit vn peu le regret que i'auois de cette separation.

Aussi-tost qu'il nous eut quittez, passant chemin auec mon Guide, ie trauersay vn Carrefour, & de là i'entray dans vne Ruë qui estoit au bout de la Ruë Satyrique, & laquelle pourtant en estoit fort diferente, quoy que le Vulgaire luy donnast encore ce titre. Les Peintres qui y habitoient, estoient Gens sages & vertueux, qui de vray n'auoient

La Ruë des Peintres Censeurs; leur diference d'auec les Peintres Satyriques.

C

autre occupation que de
dépeindre les vices d'au-
truy, mais c'eftoit fans calomnie : On ne les deuoit
point qualifier médifans ny
menfongers ; C'eftoit des
Peintres veritables qui prenoient le nom de Peintres
Cenfeurs, non pas celuy de
Satyriques. J'appris que l'on
les redoutoit tellement, que
les Gens qui auoient des defauts vifibles, n'ofoient gueres fe trouuer en leur pre-
fence, & qu'il ne leur feruoit de rien auffi de paroif-
tre mafquez deuant eux,
parce qu'ils ne pouuoient
eftre gagnez pour les peindre auec leurs Beautez &
leurs Bontez fimulées, &
que mefmes ils auoient les

yeux ſi penetrans, qu'ils re-
marquoient les diformitez
des Hommes au trauers des
Maſques les plus épais.
L'humeur & la capacité de
ces Gens-cy me plût aſſez.
Ie remarquay les plus beaux
traits de leur Peinture, afin
d'en faire mon profit ; mais
mon humeur curieuſe qui
me portoit de tous coſtez
pour la contenter, m'em-
peſcha de m'arreſter à eux,
croyant que ie perdois beaucoup, s'il me reſtoit quelque
endroit de cette Ville de
Portraits à viſiter.

Eſtant repaſſé dans les
grandes Ruës, i'obſeruay
qu'elles eſtoient habitées
par des Peintres de toutes
les ſortes ; C'eſt pourquoy

La Ruë des Peintres in-differens, & de toutes les ſortes.

C ij

on les appelloit les Ruës indiferentes. On trouuoit là des Peintures en Crayon, en Miniature, en Enlumineure, & en Taille-douce; des Tableaux à détrempe, & d'autres à huile; les vns bien faits, les autres mal faits; les vns durables, les autres de peu de durée; Car comme il n'y auoit point de Maiſtriſe en ce quartier de la Ville, beaucoup de Gens y faiſoient des Portraits, qui n'eſtoient qu'aprentifs Peintres. Ceux qui eſtoient les plus habiles cherchoient des ſecrets pour cacher leurs defauts s'ils en auoient, & ceux de leurs amis. On n'auoit garde de peindre autrement qu'en porfil, ceux qui eſtoient Borgnes, ou qui auoient quelque autre de-fectuoſité de l'vn des coſtez du viſage. On en faiſoit d'autres de front, ou de deux tiers de front, ſelon que cela leur conuenoit mieux, & on leur donnoit des ombres comme on les iugeoit à pro-pos. Au reſte la pluſpart de ces Peintres eſtoient Pein-tres doubles, ou Peintres corporels & ſpirituels. Ceux qui auoient deſſein de bien reüſſir à leurs Portraits, y adjouſtoient des Eloges par écrit. C'eſtoit comme la Lettre d'vne Deuiſe, qui en accompagne d'ordinaire la figure & le corps. On m'a-prit alors pluſieurs curioſi-tez ſur ce ſujet. On me di-

foit qu'entre les derniers
Peintres que i'auois veus,
on en trouuoit qui ne
croyans pas qu'autre per-
fonne qu'eux fuft capable de
connoiftre leurs excellentes
qualitez, prenoient la peine
de les reprefenter eux-mefmes. Pour ofter la croyance
qu'ils fe vouluffent flater
dans leurs Efcrits, quelques-
vns rapportoient quantité
de defauts qu'ils fe difoient
auoir; En les nommant tout
de rang auec beaucoup d'in-
genuité, il fembloit qu'ils
fiffent leur Confeffion ge-
nerale au public, & qu'ils
vouluffent auffi remettre en
vfage la penitence publi-
que, comme l'on pretend
qu'ont voulu faire les Ian-

seniftes. Il eft vray qu'ils
n'eftoient pas fi traiftres à
eux-mefmes, que d'alleguer
des defauts dont ils ne don-
naffent apres des excufes
bonnes ou mauuaifes ; &
s'ils fe declaroient fujets à
quelque vice, ils ne man-
quoient pas de declarer a-
pres quelque vertu, dont ils
publioient hardiment qu'ils
eftoient ornez ; & fur tout
il n'y en auoit prefque aucun qui ne s'attribuaft de
bons fentimens, & qui n'euft
la Franchife & la Generofité
pour compagnes infepara-
bles de fes actions.

Ce que les Hommes fai-
foient en cecy, eftoit encore
fait plus librement par les
Femmes. Ce n'eftoit pas là

Des Femmes qui faifoient des Portraits, & premiere- ment des Fem- mes vaines & ambitieu- fes.

C iiij

feulement la Ville des Peintres; Il y auoit quantité de
Peintreffes, dont quelques
vnes n'eftoient gueres Peintreffes que pour elles, parce
qu'elles fembloient mépri-
fer de faire le Portrait d'autres Perfonnes, ne croyans
pas qu'il y euft de la beauté,
de la vertu, & de la perfection autre-part qu'en elles:
Mais elles cachoient ce fen-
timent par vne fauffe humi-
lité, difant qu'elles n'auoient
pas l'efprit affez bon pour
découurir les qualitez des
autres Gens, & que c'eftoit
tout ce qu'elles pouuoient
faire de fe connoiftre elles-
mefmes. Toutefois fi elles
fe connoiffoient, elles fe dé-
guifoient donc beaucoup,

& pour fe peindre elles prenoient vne autre forme que
la leur. Il y en auoit auffi
qui pour faire leur Portrait,
prenoient des Mafques des
plus fins, & de ceux qui imi-
toient mieux le naturel, ou
bien elles fe fardoient de
forte, que c'eftoit elles-
mefmes, & fi ce n'eftoit plus
elles-mefmes. A les voir, on
les euft prifes pour des Pou-
pées de cire, ou pour ces
figures d'Horloges qui font
de bois ou d'yuoire, dont les
yeux ont du mouuement par
le moyen des refforts, fans
que leur front & leurs jouës
faffent aucun ply ; Comme
elles leur eftoient pareilles,
cela dónoit affez à cónoiftre
qu'elles eftoient contrefai-

tes. Quelques-vnes de ces Dames se voulans peindre, peignoient quelquefois le visage de quelque Belle du Siecle, ou bien elles faisoient vn Portrait des beautez de plusieurs Beautez ensemble, pour dépeindre la leur, & puis elles disoient galamment, Que cela leur deuoit ressembler autant comme la Iunon de la Ville d'Agrigente ressembloit à Iunon mesme, apres que Zeuxis eut choisi plusieurs Filles de la Ville, pour tirer d'elles ce qu'elles auoient de plus beau, & en faire le Portrait de cette Déesse. De quelque façon qu'elles eussent fait leur Portrait, elles croyoient qu'il suffisoit d'é-

crire leur nom au deſſus,
pour faire croire que ce l'eſtoit ; Que perſonne n'en
pouroit douter, & que principalement ceux qui ne les
auoient pas beaucoup veuës,
les tiendroient pour telles
qu'elles ſe repreſentoient,
& qu'enfin c'eſtoit touſiours
leur Portrait, puis qu'il auoit
eſté fait à deſſein que ce le
fuſt. On m'apprit qu'il n'y
auoit que les Femmes vaines
& éuaporées qui ſe gouuer-
naſſent de cette ſorte, & celles qui auoient tant d'ambition, qu'elles vouloient acquerir de la reputation juſtement, ou à faux titre, il ne
leur importoit comment ;
Elles ne ſe ſoucioient pas
d'eſtre laides en effet, pour-

ueu que dans le Monde el-
les euffent le bruit d'eftre
belles.

Des Femmes fages & a- droites.   Celles qui eftoient plus fages, fe gouuernoient d'au- tre forte. Si elles reconnoif- foient qu'elles eftoiét laides à faire peur, il ne leur prenoit iamais enuie de faire faire leur Portrait par quelqu'vn, ny de fe peindre elles-mef- mes : Elles faifoient pluftoft le Portrait des autres ; Mais fi elles auoient feulement quelque petite diformité, & que cela ne les empefchaft pas d'auoir la curiofité de fe peindre, elles tafchoient de déguifer tout adroitement. Cela leur eftoit permis, & l'on n'y trouuoit rien qui ne fuft dans la bienfeance,

pource que ceux qui auoient
fait les Loix de Portraiture,
auoient confideré, Qu'il n'y
auoit point de Beauté fi ex-
cellente qu'elle n'euft quelque petit defaut, & que cela
feruoit de luftre à ce qui pa-
roiffoit de plus beau dans les
autres parties du vifage;
Que c'eftoit comme les
Mouches, qui par leur noir-
ceur releuoient l'éclat du
teint, & en faifoient paroif-
tre dauantage la blancheur.
Celles qui eftoient belles
fans aucune contradiction,
n'auoient pas befoin d'em-
prunter quelque chofe des
autres, & d'imiter ce qu'elles auoient de plus rare; Elles fe confideroient feulement elles-mefmes, ayans

touſiours de grands Miroirs
deuant elles, où elles prenoient le Modele de ce qu'
elles vouloient repreſenter
ſur la toile ou ſur le papier.
Elles ſe faiſoient alors belles comme elles eſtoient ef-
fectiuement ; & parce qu'elles eſtoient aſſeurées de l'a-
probation publique, auſſi
bien que de la leur, & de
celle de leurs particuliers
Amis, elles ne faiſoient point
dificulté de s'attribuer quelquefois de petites défec-
tuoſitez, qu'on ſçauoit bien
qu'elles n'auoient pas, ou
qui eſtoient fort peu de
choſe ; & cela n'eſtoit qu'à
deſſein qu'on crûſt qu'elles
ne ſe vouloient point flater.
L'Eſcriture ſuiuoit la Por-

traiture : La peinture de
l'Esprit obseruoit pour elles
les mesmes regles que celle
du Corps. Les plus adroites
auoient mesme trouué vn
moyen pour faire que leurs
qualitez les plus aimables
fussent connuës de tout le
Monde auec vn fort bon
succés, & sans qu'elles eussent aucune apprehension
de changement ou de dif-
grace, pour le present ny
pour l'auenir. Elles se mon-
troient officieuses enuers
leurs bonnes Amies pour
faire leur Portrait, & n'estoient point si sottes que de
se piquer en cecy de gloire
pour refuser de s'y occuper;
Car elles obligeoient ainsi
celles qui estoient les plus

fçauantes, à leur rendre le
change, & par ce moyen il
fe trouuoit que leur Por-
trait auoit cours dans le
Monde auec des Traits les
plus auantageux qu'elles
pouuoient fouhaiter, parce
que ces autres Dames ne
s'épargnoient pas à leur attribuer quantité de perfe-
ctions, de forte qu'elles contentoient leur ambition fans
fe mettre au hazard d'eftre
accufées de vanité, Au contraire les vnes & les autres
n'acqueroient autre titre en
tout cecy, que celuy de bonnes Amies fort zelées, & qui
eftoient fort promptes à ef-
timer & à admirer les bonnes qualitez des Perfonnes
qu'elles aimoient.

*De la passion
de faire des
Portraits*

On nous disoit encore que la passion des Portraits auoit si bien gagné le cœur des Personnes de ce Sexe dans toute l'Europe, & principalement dans la France, qu'il en venoit tous les jours plusieurs dans l'Isle de Portraiture pour s'y instruire, sans que les perils du voyage & le regret de quitter leur patrie, les pûst toucher. En effet ie vy quelques Dames qui s'estoient mises en apprentissage chez de bons Maistres, & qui commençoient à bien reüssir. Il y auoit encore vne commodité tres-grande pour celles qui ne pouuoient pas abandonner leur patrie & leurs parens. De temps en temps

les Magistrats de l'Isle de
Portraiture, & principalement de la grande Ville de
Portraits, députoient quelques-vns d'entre eux des
plus habiles, pour aller dans
les Contrées où ils sçauoient
que leur aimable Profession
estoit en estime. Non seulement ils tenoient la Escole
ouuerte de Peinture, mais
ils alloient enseigner aux
Maisons ; Or comme leur
maniere de peindre estoit
corporelle & spirituelle tout
ensemble, elle auoit besoin
de plusieurs Arts & de plusieurs Sciences pour son fon-
dement, de sorte qu'auec
cela ils donnoient des Abre-
gez de Physique, de Morale,
& de Theologie, & ils ensei-

gnoient auffi les plus belles
Lągues, & celles qui auoient
le plus de cours, comme la
Langue Italienne & l'Efpa-
gnole. Non feulement plu-
fieurs jeunes Hommes ef-
toient foigneux d'oüir de
tels Maiftres; Il fe trouuoit
mefmes quantité de Filles de
condition qui fouhaitoient
d'en eftre inftruites, & leur
application eftoit en fuite
d'apprendre à bien peindre
toutes chofes, tant auec le
pinceau qu'auec la plume,
& tant en Profe qu'en Vers;
tellement qu'on ne voyoit
par tout que Peintres, Orateurs, Philofophes, & Poëtes ; Leurs maximes & leurs
ouurages eftoient alors l'entretien le plus ordinaire de

la Cour des Princes, & qui fe r
donnoit le plus de diuertif me
fement.

De l'Origine de la Peinture, ou Portraiture, de fon progrez & de fon vtilité.

Ie fus inftruit de tout cecy aut
par les difcours de quelque eu
Gens à qui ie m'arreftois de qu
fois à autre, & principale ell
ment par ceux d'Egemon e
cet excellent Guide qui n les
m'abãdonnoit point. Com ie
me i'auois enuie de fçauoi up
dauantage des Couftumes en
de l'Ifle ; comment elles bi
auoient efté inftituées, & gl
quelle eftoit l'origine de la ch
Peinture ou Portraiture, cet M
Homme officieux fe voyant in
encore enuironné de quel N
ques Eftrangers de nouueau e
arriuez, nous parla de cette te
maniere. Il faut fçauoir que q
toutes les chofes du Monde d

qui se representent reciproque-
ment, mais que les vnes le
font plus noblement que les
autres, selon leur dignité &
leur capacité. On peut dire
que les plus releuées ont en
elles le Portrait de celles qui
se trouuent au dessous d'elles, & que les choses infe-
rieures representent aussi les
superieures; mais ce qu'ont
en elles les superieures, est
bien plus estimable & plus
glorieux que toute autre
chose: C'est vne Idée & vn
Modele, surquoy ce qui est
inferieur a esté produit.
Nous ne voulons point parler de ces Images excellentes, mais seulement de celles
qui representent ce qui est
desja fait, ce que l'on appelle

des Portraits. C'eſt vn ſujet
aſſez ample pour en diſcou-
rir, & c'eſt celuy que nous
auons maintenant pour ob-
jet. Premierement nous de-
uons ſçauoir, que l'Vniuers
entier eſt vn Portrait du
grand Maiſtre qui l'a creé;
Si ce Portrait a beaucoup
d'imperfections, c'eſt que
ſa matiere n'eſt pas capable
d'vne repreſentation plus
exquiſe; ce qui eſt finy, ne
pouuant bien repreſenter
l'infiny. Pour les choſes
corporelles, elles ſont re-
preſentées aiſément les vnes
par les autres, à cauſe de
l'affinité de leur nature. La
Mer & les Fleuues, & tous
les Corps polis, repreſentent
le Feu & les Aſtres; Il n'y a

as jufqu'à la moindre goute
d'eau, qui ne veüille auoir
l'honneur de reprefenter le
Soleil. Tout l'Air eftant
emply de la lumiere de ce
grand Aftre, en fait des Portraits continuels qu'il tranf-
porte aux autres Corps; &
toutes les Plantes & tous
les Animaux tiennent quelque chofe les vns des autres,
comme pour fe reprefen-
ter; & l'on tient mefme
qu'on trouue dans la Mer
autant de formes diuerfes
d'Animaux, qu'on en voit
dans l'Air & fur la Terre:
Mais tout cela demeure
dans les bornes que la Nature a prefcrites; Les Hommes qui ont la Raifon pour
partage, & qui ont le choix

de toute sorte d'actions, ont
voulu surpasser ce que font
les Animaux sans raison : Ils
ont entrepris d'agir d'eux
mesmes, & de se rendre
presque Compagnons de la
Nature, en faisant de nouueaux ouurages aussi bien
qu'elle ; Ils se sont associez
de l'Art, par le moyen du-
quel ils ont mis à fin quantité de choses merueilleuses.
Mais ce qu'ils ont fait de
plus excellent, ce sont les
Portraits ; & l'on peut dire
mesme que tout ce qu'ils ont
fait jusques à ce temps-cy
n'a esté que des Portraits de
ce qu'ils auoient déja veu
dans la Nature vniuerselle
des choses, ou dans leur
actions particulieres. L'An-
tiquit

tiquité nous a produit de
grands Peintres de toutes
les fortes ; On en a veu qui
ſçauoient ſi bien peindre les
Arbres & les fruits ſur vne
Toile, que les Oyſeaux s'é-
lançoient du haut de l'Air
pour les venir bequeter ; Ils
trompoient meſmes les au-
tres Hommes qui auan-
çoient la main pour tirer le
rideau d'vn Tableau, qui
n'eſtoit que fiction ; Ils faiſoient des Portraits de Heros l'épée à la main, qui
épouuantoient ceux qui entroient au lieu où ils eſtoient. Il ſembloit que les
autres allaſſent parler &
marcher. En general ils
donnoient l'ame & l'eſprit
à leurs Tableaux : Ils pei-

D

gnoient le feu & la lumiere,
la respiration des Animaux,
& tout ce qui sembloit ne
pouuoir estre peint. Tout
l'Vniuers estoit soûmis à
leur Art en quelque sor-
te, au moins pour ce qui
estoit corporel & sensible.
Que dirons-nous de ces
Peintres spirituels qui ont
representé si naïuement
toute la Nature des choses
tant pour le general que le
particulier ; Qui ont si bien
dépeint les Mœurs diferentes des Peuples, auec leurs
actions & leurs fortunes, &
qui ont choisi les Hommes
les plus excellens, pour en
laisser des Portraits à la Posterité ? Ceux qu'on a nom-
mez des Dieux, c'est par eux

qu'ils ont esté deïfiez. On pretend que la premiere origine de la Sculture ou des figures en bosse, vient d'vn grand Roy, qui tegrettant la mort de son fils, fit jetter son visage en moule, pour en faire vne Statuë qu'il garda pour sa consolation, & que ses Courtisans par flaterie luy firent apres des sacrifices comme à vn Dieu. En ce qui est de l'origine de la platte Peinture, on raconte qu'vne Fille amoureuse voyant son Amant à la lueur de la chandelle, traça auec vn charbon l'ombre de son visage qui paroissoit à la muraille, & que peu à peu elle paruint à faire des Portraits plus accomplis. Ce

D ij

n'eſtoit là qu'vn rude com-
mencement. Les premiers
Peintres ne ſe ſeruoient que
d'vne couleur; apres ils en
employerent deux ou trois;
& enfin ſelon les matieres
qu'ils trouuerent propres,
ils eurent toutes les couleurs neceſſaires : Ils ad-
joûterent auſſi les jours &
les ombres dans leurs peintures, les rehauſſemens, les
adouciſſemens, & tous les
traits de perſpectiue, qui ont
de merueilleux effets. Pline,
& quantité d'autres Au-
theurs, parlent de la pluſpart de ces choſes auec
tous les auantages poſſibles;
Ils rapportent l'excellence
de l'ouurage des Peintres
anciens. Les Tableaux de

Zeuxis, de Parrasius, d'A-
pelle, & de Protogene, ont
esté des miracles, à ce qu'on
nous raconte. Les Poëtes
ont esté des Peintres parlans,
comme les premiers auoient
esté des Poëtes muets. He-
siode, Homere, Virgile,
Ouide, & dans nos derniers
Siecles, Ronsard, Belleau,
& du Bellay, ont fait les
Portraits de diuerses choses.
Les Poëtes de ce temps qui
ont fait des Poëmes Heroïques & d'autre sorte, ne les
ont pas seulement égalez,
mais ils en ont surpassé
quelques-vns en beaucoup
d'endroits. Les Sophistes
comme Philostrate, ont
fait des Descriptions ex-
cellentes, telles que sont

D iij

ses plattes Peintures.
Nous auons eu depuis peu
des Peintures morales,
& des Portraits des Femmes Illustres, & autres ouurages, qui sont des Peintures tres-belles & tres-agreables. Les Historiens & les Orateurs ont representé en general tout ce qui a esté de leur dessein; & quelques-vns, outre les actions, ont dépeint par écrit le naturel & le caractere des Esprits, comme dans les Vies & dans les Eloges : Mais personne de nostre Siecle n'a mieux reüssy à ces choses qu'vn Frere & vne Sœur, illustres par leurs œuures excellentes, où ils ont chacun leur part, dans lesquelles on voit

Ces Peintures morales sont du Pere le Moyne, Iesuite.

Ce Frere & cette Sœur qui ont fait des Portraits, sont Monsieur & Mademoiselle de Scudery; & les Histoires dont on parle, sont le Cyrus & la Clelie.

des Portraits naïfs de la forme du Corps, des qualitez
des Ames & des Mœurs, &
de toutes les conditions des
Personnes, comme de leurs
demeures, de leurs fonc-
tions, & autres choses si pré-
cises, qu'estãs la plufpart des
personnes de noftre Siecle, si
l'on les connoift en elles-mé-
mes, on ne fçauroit manquer
auffi de les reconnoiftre en
leur Peinture. Cela fe voit dãs
l'Hiftoire du petit Fils d'A-
ftiages & de la fameufe Ro-
maine, où pour prendre dauantage de plaifir aux belles
auantures & aux agreables
conuerfations, les humeurs
de la plufpart des Perfonnes
qui y font introduites, y font
dépeintes fuccinctement. Ie

D iiij

rapporte à cela le modele de
tous les Portraits qu'on a
faits depuis, pour ce qui est
de ceux qui sont faits d'autruy ; Quant à ceux que l'on
fait de sa personne propre
d'vn stile naïf & veritable
nous auons vn Philosophe
François qui a fait des Essais
de la peinture de lui-mesme,
où il a fait admirer la force
de son Ame & de ses Senti-
mens. Peu de Gens ont osé
l'imiter en cecy, quoy qu'ils
eussent entrepris de faire
leur Portrait. Pour les Portraits Comiques, ie pense
bien qu'ils peuuent auoir
esté faits à l'imitation du
Portrait qu'a fait de soy-
mesme l'Autheur des Let-
tres libres & enjoüées, lors

Le Philoso-
phe François,
est Monsieur
de Môtagne,
& l'Autheur
des Lettres
enjoüées est
Monsieur de
Voiture.

qu'il a écrit à vne Inconnuë
qui de mefme ne le connoiſ-
ſoit pas. Depuis chacun a
accommodé cecy à ſon ſujet
& à ſes deſſeins. On a veu
des Portraits Comiques ; Il
y en a auſſi de fort ſerieux;
Les vns & les autres ſont
d'vne grande vtilité. Ceux
qui ſont ſerieux, & qui repreſentent le bon naturel de
quelques Perſonnes , auec
leurs actions, ſont tracez
ſur les Loix de la Sageſſe &
de la Vertu; c'eſt afin que
chacun les imite. Les Portraits Comiques peuuent
encore donner de l'inſtruc-
tion parmy leur gayeté. En
general les Portraits qui di-
ſent du bien de quelqu'vn,
eſtendent ſa reputation par

D v

tout; & i'ose mesmes dire
que ces Portraits agreables
que l'on fait de quelques
Filles de merite, seruent à
leur faire trouuer meilleur
Party; Car le bruit court
par la Ville de leur Beauté,
de leur bon Esprit, de leur
docilité, & de toutes leurs
autres Vertus, qui font
que de galants Hommes
qui ne les ont iamais veuës,
souhaitent de les voir &
de les connoistre; En
estant deuenus amoureux
sur leurs Peintures parlan-
tes, lors qu'ils voyent que
l'original est conforme à
cecy, ils augmentent leur
passion; & si l'vn & l'autre
font de condition à peu pres
semblable, ils se portent à

la recherche ; et quelquefois
mesmes les hommes riches pass-
ent par dessus toute sorte de
considerations pour contenter
leur amour par le mariage,
quoyqu'ils voyent qu'une
fille ne leur puisse gueres
apporter autre chose que sa
vertu et son affection pour
douaire ; il se passe tous
les jours de pareilles avan-
tures, et la premiere cause
en est venuë par un por-
trait. o vous qui estes sçavans
dans ce bel art de peindre
naïvement tout ce que vous
voulez, employez soigneusem-
ent vostre travail pour la gloire et pour le profit de vos
amis et de vos amies .. mais

D vj

vous, Amans, qui faites ave[c]
aussi le portrait de vos maî[tres]
stresses, prenez garde que les [ce]
loüanges excessives que vous [...]
leur donnez, pourront bien [...] [Be]
surprendre d'admiration ceux [...]
qui les écouteront, et que le[s] [...]
portrait que vous rendrez [...]
public, vous fera acquerir [...]
quantité de Rivaux. ely a[p]
a encore a observer en gén[éral]
éral, que tous ceux-la qui a[...]
on fait les portraits, soit [m...]
hommes ou femmes, estant [...]
quelquefois prodigieusement [les]
flater, il est a craindre [en]
que cela ne les fasse tomb[...]
er dans une horrible pré[...]
omption: toutefois pourveu [...]
qu'ils soient bien instruits [...]
aux maximes de la prudence [...]
et de la Sagesse, ils sauront [...]
que si on les a dépeints [...]

avec des qualitez plus estimables que celles qu'ils ont,
c'est afin qu'ils s'efforcent
de se rendre tels qu'on les
représente.

le Sage Egemont ayant visité d'un
dit ces choses, je fus ravy de peintre
célèbre.
les avoir ouyes, et d'avoir
appris l'utilité des portraits,
dans l'usage desquels s'il y
avoit quelque meslange de
mal, c'estoit qu'ils particip-
oient à la condition de toutes
les choses de la terre. je fis
encore quelques raisonnemens
sur le mesme sujet avec ce
docte personnage; et pour
ce que mon intention estoit
que s'il y avoit dans la ville
quelque Peintre plus rare
et plus excellent que tous les

autres, il me la fist visiter,
je luy en parlay hardiment,
mais il me dit qu'il ne vouloit
point faire ce tort aux excellens
Peintres, d'en élever un en
general au dessus de tous les autres; que les uns estoient esti-
més pour le dessein, les autres
pour l'ordonnance; qu'il y en
avoit d'estimables pour leur
facilité et leur hardiesse, et
les autres pour leur patience
au travail; qu'il s'en trouvoit
qui travailloient avec une telle
attention d'esprit, qu'ils ne
se souvenoient plus en quel
mois, et en quel jour ils
estoient, et s'ils avoient
disné ou non; qu'il sorto-
it de leurs mains des porfai-
traits si achevez qu'un Phision-

miste pouuoit iuger par eux
luvray naturel de ceux pour
qui ils estoient faits ; & que
es Portraits paroissoient
quelquefois si animez, qu'vn
ertain Homme qui auoit le
ien fait de cette sorte, Ie
prenoit vn jour pour son
Frere, ou pour vn autre soy-
mesme, ou au moins pour
son ombre coloré. Quand
Egemon eut parlé ainsi, ie
crûs que quoy qu'il dist, il
me feroit voir quelque Peintre dont il faisoit vne parti-
culiere estime ; Il me mena
dans vn lieu écarté, où estoit la Maison de Megalo-
teknes Peintre celebre, qui
auoit passé toute sa vie à
faire des Portraits de diferente maniere : Ie vy vn

Megalo-
teknes, *veut*
dire grand
Artisan, ou
grand Ou-
urier. Ce qui se

dit de ce Peintre-cy, ne doit point estre attribué à vn seul Autheur de ce temps; le mesme destin arriue presque à tous de voir que leurs Liures serieux se vendent moins que ceux qui donnent quelque recreation.

Vieillard , qu'vne grande barbe blanche rendoit fort venerable, quand on se representoit auec cela ce qu'on disoit de luy. Il nous fit fort bon accueil, & nous ayant fait reposer, il nous parla de cette sorte; Ie ne veux pas dire que vous vous estes égarez de venir icy: Ie veux croire que vous y estes venus exprés, & ie vous en ay vne tres-grande obligation. Maintenant qu'il y a tant de Peintres nouueaux, à peine regarde-t'on les ouurages des Anciens : Comme l'humeur des Personnes de ce Temps est de vouloir tous les jours qu'on leur montre des Liures nouueaux & des Tableaux nouueaux;

auffi veulent-ils des Autheurs noußeaux & des Peintres noußeaux. Ils fe laffent des Ouuriers comme de leurs ouurages; Qu'vn Inconnu arriue dans vne Ville, parce qu'il n'eft point connu, fes ouurages en font plus recherchez, & on ne tient conte de ceux qu'on connoift: C'eft que les Hommes ne font iamais contens de ce qu'ils ont; Ils fe perfuadent toufiours qu'il fe trouue quelque chofe de plus agreable que ce qu'ils voyent; mais s'ils fe laffent des ouurages & des Ouuriers, encore fe laffent-ils des diferentes fortes de Pieces que l'on leur prefente. Leur propre inconftance les

trauaille & les punit, & nou
fommes affez vengez de leur
mépris par le mauuais efta
où ils fe trouuent, ayans
peu profité par leurs curio
fitez impertinentes & inu
tiles. La maniere de peindre
doit eftre fort bigearre pour
leur plaire; & quant aux
Eloges, ou pluftoft Pane-
gyriques, que les Peintres y
adjoûtent, les vns les veu
lent en ftile Comique, les
autres en ftile tout à fait ferieux. Ils fe font pleûs aux
Enigmes, aux Rébus, aux
Rondeaux, & aux Bouts-
rimez; Aujourd'huy ils efti-
ment les Madrigaux, comme
fi ces fortes d'ouurages deuoient faire quitter la place
aux belles Stances regulie-

 res, aux Odes pompeufes, &
ux Sonnets majeftueux.
L'inuention des Portraits
des particuliers s'en va mefme prefque abolie, pour ce
qui eft d'y trauailler dauantage. On nous a parlé de
Contre-veritez, de Deuifes,
de Prouerbes, & d'autres
chofes qui ne font que des
anciennes Galanteries re-
nouuellées, lefquelles ont
efté l'entretien de la vieille
Cour. Ie fuis fort en peine de
ce qu'on poura faire apres,
fi ce n'eft qu'on ait recours
toûjours aux mefmes cho-
fes en maniere de cercle. Ce
Vieillard ayant parlé ainfi, ie
pris la hardieffe de luy dire,
Qu'eftant vn fi grand Ou-
urier comme il eftoit, il de-

uoir faire des ouurages qu
détruisissent les autres, &
qu'il faloit estre cause, qu'au
lieu de durer vn mois ou vn
an, ils ne durassent plus
qu'vn iour. Les ouurages
ausquels ie m'adonne ne
sçauroient auoir grād cours,
me répondit-il, parce que ie
tasche à les rendre vtiles, &
l'on ne connoist autre vtilité
que ce qui aporte du plaisir.
Quelle gloire y a-t'il au-
iourd'huy à écrire & à peindre ? La pluspart des Hommes ne se connoissent ny en
Escrits, ny en Portraits ; Ils
ne vous sçauroient donner
les loüanges que vous me-
ritez ; & ceux qui ont quelque connoissance de ce que
valent vos trauaux, comme

es Gens du Meſtier, le ce-
ent par enuie & par malice.
ls taſchent meſme de défi-
urer vos ouurages autant
omme ils peuuent. I'ay veu
epuispeu vne fort belle Ga-
erie remplie des Tableaux
'vn de nos meilleurs Maiſ-
res; & comme quelques-
ns des nouueaux Peintres
 eſtoient entrez, par vne
nſigne meſchanceté, ils
uoient ietté vne bouteille
d'encre contre l'vn, ils
uoient donné vn coup de
couteau à l'autre; ils publioient tantoſt que l'vn
n'eſtoit plein que de traits
dérobez, & que l'autre eſtoit fait contre les regles de
l'Art, mais tout cela n'eſtoit
que calomnie affectée. Ege-

mon dit à Megaloteknes
que pour luy il ne se deuoit
point mettre en peine de sa
reputation ; Qu'elle estoit
parfaitement établie parmy
les honnestes Gens , & que
tous ses ouurages seroient
admirez de la Posterité. Il
luy repartit qu'ils seroient
donc plus heureux apres sa
mort que durant sa vie ; &
que ceux qui luy auoient
cousté le plus de peine, &
qui estoient les plus consi-
derables, estoient le moins
estimez. En disant cecy il
nous ouurit vn grand Cabi-
net où il nous montra plusieurs Tableaux d'Histoires
anciennes , & principale-
ment de Saintes, auec des
Inscriptions pieuses au bas

...i valoient des Sermons ; nous en viſmes auſſi d'autres où l'origine des choſes
eſtoit dépeinte auec les cau-
ſes & les effets des Subſtan-
ces de chaque eſpece qui ſe
trouuent dans le Monde :
jamais rien ne fut plus beau
y plus naturel ; Tout y
auoit du mouuement, du
ſentiment, & de la voix ; Cependant c'eſtoit ces ouurages là, à ce qu'en diſoit cet
homme, que l'on ne priſoit
pas ce qu'ils valoient, & deſ-
quels il ſe faiſoit fort peu de
coppies. Il nous montra
dans vn autre lieu les Portraits d'vn Faineant & d'vn
traiſtre ; ceux d'vn Fol &
d'vn Débauché ; ceux d'vn
Heros & d'vne Heroïne,

On veut en-
tendre par
cecy quelques
Hiſtoires ve-
ritables, &
quelques Ro-
mans.

qui ne subsistoient qu'e
imagination, & qui neant
moins à cause de quelque
traits agreables, estoien
presque dans vne approba
tion vniuerselle, de sort
que les coppies en estoien
veuës en quantité par tout
l'Europe ; ce qui ne satis
faisoit pas entierement c
vieil Peintre, parce qu'il
ne les aimoit pas tant que le
autres ouurages. Egemo
luy declara alors, Qu'il auoi
bien dequoy se consoler
puis qu'il n'estoit surmonte
que par luy-mesme, & qu
c'estoit ses Tableaux pro
pres qui se disputoient l
preference. Là-dessus ie lu
donnay aussi beaucoup d
loüanges, luy témoignan
                    vn

vne extréme satisfaction d'a-
uoir veu sa Personne & ses
ouurages. Estant sorty de
chez luy auec Egemon, ce
Conducteur fidele me dit,
qu'il ne faloit pas contredire
ce bon Vieillard dans ses
opinions, craignant de trou-
bler son repos ; mais que
tous les ouurages qu'il esti-
moit le plus, n'estoient pas
du prix qu'il se figuroit, &
que le seul nom de Pieté ne
les deuoit pas rendre plus
recommandables que d'au-
tres ; Que pour tous les autres, soit qu'il les eust faits
ou non, il y auoit quelque
chose d'agreable, non pas
tant encore que pensoient
plusieurs ; & que neant-
moins si ce qu'il disoit à l'é-
ne

E

gard de fes ouurages deuots,
n'eftoit raifonnable pour
luy, cela l'eftoit pour quelques autres Peintres ou Autheurs, qui receuoient moins
d'approbation pour leurs
ouurages ferieux, que pour
les diuertiffans.

Punition des
mauuais Por-
traits, & de
leurs Au-
theurs.

En difcourant ainfi, nous
nous trouuafmes au bout
d'vne Ruë qui nous mena
dans la plus grande Place de
la Ville, où i'entendis le fon
d'vne Trompette, & ie vy
arriuer quantité de Gens à
pied & à cheual. Auant que
ie me fuffe informé de ce
que c'eftoit, i'entendis dire
qu'on alloit faire juftice. Ie
vy auffi-toft arriuer vne
Charrette, dans laquelle ie
croyois voir quelque Pa-

tient qu'on menoit au gibet, mais i'y vy seulement arriuer vne douzaine de Tableaux. Il me vint en la pensée qu'on alloit pendre quelques Gens en effigie ; Ie demanday qui ils estoiēt, & ce qu'ils auoient fait ; Les Patiens, dit Egemon, sont ces Tableaux mesmes, qui sont condamnez par les Iuges à estre pendus quelque temps en Place publique, pour faire honte à ceux qui les ont peints, & d'estre apres brûlez, & leurs cendres jettées au vent, parce qu'ils offensent quantité de Gens d'honneur, & que leurs Inscriptions sont remplies de calomnies & d'impertinences. C'est vn bon

E ij

ordre de la Police de ne les
plus laiffer dans le Monde,
de peur qu'ils ne peruertif-
fent les Efprits. Quand leurs
fautes font atroces, on en
recherche mefmes les Au-
theurs, qui font les premiers
coupables. On les con-
damne à quelque repara-
tion d'honneur, ou à faire
amende honorable deuant
ceux qu'ils ont offenfez,
& quelquefois à fouffrir vne
peine corporelle. Egemon
n'eut pas fi-toft acheué ces
paroles, que nous vifmes encore arriuer trois Hommes
liez enfemble, qui eftoient
nuds de la ceinture enhaut.
I'entendis prononcer leur
Arreft, qui portoit, Que
pour auoir fait des Portraits

scandaleux, & les auoir ac-
compagnez de Libelles dif-
famatoires, ils seroient fus-
tigez nuds de verges. Ie
connûs que c'estoit de nos
Peintres Satyriques, médi-
sans & moqueurs, que i'a-
uois déja veus. Ie demeuray
là pour en voir faire justice;
mais elle ne fut que pour la
honte; car le Bourreau les
fouetta si doucement, qu'il
sembloit que ce fust seulement pour chasser les Mous-
ches de dessus leurs épaules.
Le Peuple disoit mesme que
ce n'estoit pas leurs épaules
qu'on voyoit, mais quelque
Camizolle de couleur de
chair, & que l'on les épar-
gnoit beaucoup; mais il
sembloit bien aux plus sages

E iij

Gens, que l'ignominie en
estoit pourtant tres-grande,
Apres cela l'on pendit leurs
ouurages à vn gibet, & peu
de temps apres l'on les jetta
au feu. Comme ie difois
alors qu'on auoit grand fujet de haïr ces Hommes fa-
tyriques, Egemon m'auertit
qu'il s'en trouuoit qui n'estoient pas tant à condamner
que les autres, lors qu'ils
estoient plus Critiques ou
Censeurs, qu'autre chose,
& qu'on leur attribuoit ce
nom de Satyriques par vn
mauuais vsage. Ie luy repar-
tis, que ie tafcherois d'en
faire distinction à l'auenir ;
& pource que ie ne pouuois
m'empefcher de penser à ces
Tableaux qu'on auoit brû-

lez, & à leurs Autheurs,
qu'on auoit punis du foüet,
ie luy dis; Ie vous asseure,
que si tous les mauuais ouurages, & tous les meschans
Ouuriers, estoient aussi se-
uerement chastiez qu'ont
esté ceux-cy, on n'en ver-
roit pas le monde si remply
qu'il est; mais par vne im-
prudence tres-grande, on
leur laisse vn cours libre
dans nostre Europe, où ils
font cause d'vne infinité
d'erreurs & de desordres.
Vous ne voyez pas tout encore, dit Egemon; non seulement on bannit, on ex-
termine, & on punit du der-
nier supplice les Tableaux
infames comme ceux-cy, &
leurs Escriteaux scandaleux,

E iiij

mais on ne souffre pas seulement les Tableaux inu-
tiles, quoy qu'ils ne soient
faits sur aucun mauuais
sujet. On considere que
leur exemple pouroit nuire,
faisant que ceux qui les
verroient n'auroient rien à
imiter en eux, qui ne fut à
condamner, & seroient dé-
tournez par eux de s'ar-
rester à d'autres; On en fait
donc vn amas dans les maisons pour les brusler, soit
pour se chauffer, soit pour
seruir à la cuisine; & quelquefois aux iours de Festes,
on les arrange dans les Car-
refours comme vn bel Edi-
fice, & puis on en fait des
feux de joye. Toutes les
Nuditez qui offencent les

yeux font bruflées fans mi-
fericorde ; mais vous re-
marquerez qu'il y a des de-
faux qu'on veut bien mon-
trer à découuert vn certain
efpace de temps ; afin de
chaftier quelques perfonnes
par la honte, pourueu que
cela foit fans fcandale : Mais
apres, les Portraits qui re-
prefentent cecy ne man-
quent point d'eftre traittez
comme ils meritent.

Au refte comme ie viens
de vous dire, ne vous figu-
rez point qu'on ne fe plai-
gne que des Portraits Satyriques ; Il y en a de toutes
les autres fortes qui font à
condamner. Les Portraits
Heroïques qui donnent des
loüanges exceffiues à ceux

E v

qui n'en meritent aucune, font tort par ce moyen à tous les gens de vertu ; Les Portraits Comiques representent quelquefois des choses si niaises & si badines, qu'on perd le temps à les regarder, & pour les Portraits amoureux, ils font du mal en tant de façons, qu'il seroit malaisé d'en donner en peu de temps vne description exacte.

Du Triomphe, & du Couronnement des bons Peintres.

Cecy ne fut pas plutost dit, que i'entendis des Trompettes en plus grand nombre qu'auparauant, & apres des Haut-bois, & des Violons qui se placerent tous sur vn Amphitheatre à l'vn des bouts de la place. Force gens à Cheual, arriuerent, qui estoient magnifiquement vestus, & à leur suite marchoient deux Chariots de Triomphe, traisnez chacun par six Cheuaux blancs : Dans l'vn estoient trois hommes bien faits, & trois Dames, passablement Belles, mais extremement parées, & dans l'autre vne douzaine de Portraits attachez à de petites colomnes, de telle maniere qu'on les pouuoit voir aisément. On m'apprit alors que la Iustice du lieu auoit ordonné le Triomphe aux personnes qui estoient dans l'vn des Chariots, pour auoir bien reüssi dans leurs Portraits que l'on mettroit en veuë au Peuple, & qu'ils auoient

E vj

déja fait le tour de la Ville.
On attacha les Tableaux
autour d'vne Pyramide qui
estoit au milieu de la Place,
pour estre considerez à loi-
sir ; Et pendant cecy, les
Triomphateurs estant mon-
tez sur vn Theatre enrichy
de belles Tapisseries, furent
couronnez de la main des
Magistrats ; ce qui ne se
passa qu'au son des Trom-
pettes, des Hauts-bois, &
des Violons, lesquels estans
joints aux acclamations de
toute l'assistance, faisoient
vn tel bruit, qu'on ne s'en-
tendoit pas parler. Egemon
me fit sçauoir que les trois
Dames estoient courõnées,
pour auoir bien reüssy à des
Portraits Heroïques & Mo-

raux ; Que pour les trois Hommes, l'vn eſtoit vn Peintre Heroïque, l'autre vn Comique & Amoureux, & l'autre vn Satyrique & Cenſeur. Il me fit auſſi diſtinguer leurs Tableaux, & m'en mõtra les beaux traits. Il adjouſta que ie pouuois connoiſtre alors que s'il y auoit des Satyriques fort meſchans & fort préiudiciables, il s'en trouuoit auſſi qui eſtoient à ſupporter & à loüer, & meſmes à couronner, s'ils s'aquitoient bien de leur deuoir, comme celuy qui eſtoit là, & que c'eſtoient ceux qui reprenoient les Vices auec grace, & qui attaquoient le general des Vitieux, ſans offenſer aucun particulier qu'il faluſt reſpecter. Sur ce propos nous viſmes que le Triomphe s'en retourna au meſme ordre qu'il eſtoit venu; Ayant receu beaucoup de ſatisfaction de ce ſpectacle, i'admiray les excellentes Couſtumes de cette Iſle, où non ſeulement les peines eſtoient établies pour ceux qui auoient failly, mais les récompenſes pour ceux qui auoient bien fait. Egemon me dit, qu'outre l'honneur du Triomphe & du Couronnement pour ceux qui a-uoient reüſſy à leurs Por-traits, ils receuoient de grands honneurs tout le reſte de leur vie.

Ces choſes me touchans

d'admiration, ie ne voulus
plus demeurer dans l'igno-
rance où i'auois efté iufques
alors, ne fçachant par quel
ordre tant de Tableaux eftoient condamnez à leur
derniere fin, & les autres
mis en lieu d'honneur auec
les Peintres qui y auoient
trauaillé. Ie demanday donc
à Egemon quel eftoit le
Gouuernement de l'Ifle où
nous eftions, & s'il n'y auoit
pas quelque Monarque qui
y commandaft. Ayant repris
la parole, il continua ainfi
fon difcours. Il faut vous
auoüer, cher Periandre, que
tous les Habitans de cette
Ifle ont l'efprit fi fier & fi
altier, qu'il n'y en a prefque
pas-vn qui vouluft ceder à

Du Gouuerne-
ment de l'Ifle
de Portrai-
ture, & de la
Ville des Por-
traits.

son compagnon , & leur
Mestier le veut ainsi : C'est
vne occupation toute spirituelle, qui fait que ceux qui
s'y adonnent s'enflent le
cœur tres-facilement. Ils
ont tousiours eu vne grande
auersion pour le Gouuernement Monarchique. Les
Peintres Heroïques s'esti-
ment plus que les autres,
pour la dignité de leur sujet,
& parce qu'ils pretendẽt que
ne parlans que de Roys &
de Princes, ils doiuent aussi
estre Roys eux-mesmes.
D'vn autre costé les Comiques disent, que le principal
but de l'Homme , comme
de toutes les autres choses
du Monde, c'est de chercher
sa Felicité ; Que cette Feli-

cité n'eſt que dans la volu‑
pté & le plaiſir, & que parce
qu'ils y vont tout droit, ils
ſont les plus à eſtimer & à
rechercher ; Que les He‑
roïques ſont des Serieux qui
ennuyent les perſonnes de
bonne humeur. Là‑deſſus
les Peintres Amoureux al‑
leguent, qu'il n'y a aucun
vray plaiſir au Monde que
celuy de l'Amour ; Que tous
les autres y aboutiſſent, &
qu'il faut ſe ſeruir de leurs
Leçons pour eſtre bien‑heu‑
reux. On leur repreſente
leurs peines & leurs inquie‑
tudes, & toutes leurs foles
imaginations ; mais ils ré‑
pondent, que ce ne ſont que
fictions ou belles Galante‑
ries. Les Satyriques mépriſēt

tout cecy, parce qu'ils croyê le
auoir droict de fe moquer le
de toutes chofes. A leur dire ti
les Peintres Heroïques, & p
les Peintres Amoureux, font fa
des Fous melancoliques tra g
uaillez de leurs paffions ; & m
fi les Comiques ont le pou- p
uoir d'eftre toûjours joyeux, p
pour eux ils les croyent fur V
paffer, d'autant qu'auec la p
gayeté ils meflent quelqu G
chofe d'vtile par la repre- b
henfion des Vices. Les Pein- ti
tres Cenfeurs fe releuent n
encore au deffus de tout ce- &
cy, à caufe que leur Cenfure l
eft ferieufe & legitime ; De g
plus ils fe font fouuent éta- f
blis en Critiques, afin que r
comme en qualité de Cen- a
feurs ils pouuoient cenfure

les mœurs des Habitans de
leur Ifle, en qualité de Critiques ils pûffent auffi reprendre fort afprement les
fautes de tous leurs ouurages, Cela auoit fi bien aug-
menté leur credit, qu'il s'eft
paffé quelque temps que les
premiers Magiftrats de la
Ville de Portraiture eftoient
pris de leur Corps ; mais ce
Gouuernement qui fem-
bloit n'eftre qu'Ariftocra-
tique, deuint enfin Tyran-
nique, de forte que l'enuie
& la brigue des autres Corps
leur a liuré vne eftrange
guerre. Il a falu enfin leur
faire part du Gouuerne-
ment ; mais c'eft auec cet
auantage pour les anciens
Commandans, que dans le

Corps du Senat il y a tou-
jours vne fois plus de Peintres Cenſeurs, que de tous
les autres enſemble. Ce ſont
ces Senateurs qui donnent
des Loix à la Ville, & à toute
l'Iſle ; Ce ſont eux qui iu-
gent de tous les differens
qui arriuent ; Qui ordon-
nent des récompenſes à
ceux qui ont fait d'excellens
ouurages, & des punitions
à ceux qui en ont fait de
mauuais. Il y a encore quelques Villes dans cette Iſle,
où l'on garde toutes les
Couſtumes de celle-cy , &
dont les Iuges ſont ſubalter-
nes à ceux qui tiennent icy
leur Siege. Il n'y en a qu'vne
qu'on tienne auoir la pluſpart du temps des Loix par-

iculieres, qu'elle fe donne
elle-mefme par vne puif-
ance entiere & tres-forte,
quoy qu'elle n'ait que trente
ou quarante Habitans prin-
cipaux : Leur Eftat fe rend fi
abfolu, qu'on a fouuent dit,
Que c'eft vne Souueraineté
dans vn Eftat libre ; & mefme leur pouuoir ne confifte
pas feulement à ne dépen-
dre de perfonne, mais à pref-
crire des Loix aux autres ;
tellement que ces fages
Confeillers donnent leur
ugement de tous les Por-
traits qui fe font icy & ail-
leurs, & de toutes leurs inf-
criptions, & ie ne doute
point qu'ils ne faffent naiftre
vne autre réuolution dans
cette Ifle, en demeurant eux

seuls les Maistres, pourueu
que la diuision ne se mette
point parmy eux. Leur destin est pareil à celuy de tous
les grands Empires, qui ne
peuuent estre détruits que
par leurs propres forces.
Quand on a bien examiné
ce qu'ils font, & leurs excellentes qualitez, on trouue
qu'ils ne sçauroient paruenir
à vne si haute fortune, qu'ils
n'en meritēt encore vne plus
considerable. Ils ont presque tous esté pris de l'ordre
des Censeurs, qui est celuy
où se trouuent les meilleures
Testes, de sorte que leur
Conseil peut estre estimé
bien rempli & bien digne du
Gouuernement. Mais, cher
Periandre, ne me direz-vous

point que ie garde le meilleur pour la fin? Ie ſuis fort
aiſe que vous m'ayez donné
ſujet de reprendre vn Diſ-
cours auquel i'eſtois obligé;
car vous m'auez demandé
plus d'vne fois quelles eſtoient toutes les Couſtumes
de cette Iſle, & comment
elles ont eſté inſtituées: Ie
vous ay déja dit quelle a eſté
l'origine de la Peinture ou
Portraiture, mais ce n'a eſté
qu'en cõſiderantſon cõmen-
cemẽt &ſon progrés general
dans le Monde, lors que les
Peintres ſe ſont diſperſez en
toute ſorte de Regions, ſelon que leur Art y a eſté eſ-
timé. Il eſt beſoin principalement de vous apprendre,
qu'apres que les grands

Peintres de la Grece eurent
receu de riches Dons des
Roys & des Republiques,
leurs Successeurs se rendi-
rent plus superbes; Croyant
que ce n'estoit pas assez d'a-
uoir des richesses, qu'on ne
leur faisoit point telle part
qu'ils auoient merité dans le
Gouuernement des Estats
où ils se trouuoient, ils se
delibererent de faire vn Es-
tat en particulier, & de n'y
admettre aucun qui ne fust
Peintre, ou aspirant à l'estre,
afin de rendre le change aux
autres Professions, & leur
montrer qu'ils ne croyoient
pas que ceux qui n'auoient
point estudié en leur Art,
fussent dignes de viure parmy eux. Ils obseruerent cela

si étroitement, que depuis
il n'y a pas eu jusqu'à leurs
Valets qui ne se soient mes-
lez de la Peinture; & s'ils
n'ont esté bons Peintres, au
moins ont-ils esté Barboüil-
leurs, ou propres à broyer
les couleurs sur le marbre.
Cette Loy s'est gardée jusqu'à maintenant, & de vray
ils suiuent en cecy vne justice exacte; car de si basse
origine que l'on soit, & si
pauure que l'on paroisse,
pourueu que l'on se montre
expert en l'Art de peindre,
on ne manque point de paruenir aux plus hautes Digni-
tez; & quand quelques En-
uieux vous y seruiroient
d'obstacle, vous y estes toûjours éleué par vn consen-

F

tement public. Or comme chacun trauaille icy par é-mulation, le sçauoir & l'experience s'augmentent tous les jours; Voila pourquoy on n'estime plus par toute la Terre, que les Portraits qui viennent de ce lieu cy, ou ceux qui sont faits selon les regles qu'on y obserue.

Du Commerce des Portraits. Egemon ayant dit ces choses deuant quelques Hommes qui nous auoient joints, me tira à part pour me dire encore, Qu'il me découuriroit beaucoup d'autres secrets en particulier, & qu'il n'auoit parlé tout haut que de ce qui pouuoit estre sceu de tout le Monde. Dans cet instãt comme nous nous trouuâmes au bout de la grande Place, à l'entrée de l'vne des Ruës indiferentes, nous y vifmes arriuer deux Chariots vuides, que l'on difoit auoir efté amenez pour les charger de marchandifes, qu'il faloit incontinent enuoyer au Port dans des Vaiffeaux qui alloient partir. Les Voituriers paffoient de maifon en maifon pour dire aux Marchands Peintres, qu'ils apporraffent ce qu'ils auoient de preft, & qu'il n'y euft rien que de rare & d'excellent; Que c'eftoit pour debiter à la prochaine Foire Saint Germain, ou dans la Galerie du Palais de Paris; Que le prix en feroit payé tout à l'heure par les Marchands François

On peut bien comprendre que l'on veut figurer allegoriquement les deux Volumes du Recueil de Portraits qu'on a mis en lumiere depuis quelque têps.

F ij

arriuez depuis peu en l'Isle.
On y apporta tant de Por-
traits, qu'il y en eut de rebut:
On en choisit des meilleurs
pour rendre la charge com-
plette, & veritablement
ceux que l'on prit estoient
fort à estimer ; C'estoient
des Chefs-d'œuures en leur
espece : Car ce n'estoit point
des ouurages de Peintres
mercenaires ; La pluspart
estoient faits par des Personnes de condition, qui auoient
pris plaisir à se peindre, ou
à peindre leurs Amis. Si les
anciens Grecs ont tenu long
temps la Peinture pour vn
Art tres-noble, qui ne deuoit point estre exercé par
des Esclaues, on auoit alors
la mesme croyance : Voila

pourquoy tant de Gens de qualité s'eſtoient adonnez à cette belle occupation ; & comme ils l'auoient ardemment aimée, c'eſt ce qui auoit rendu leurs Portraits ſi admirables. Quelques Teſtes couronnées auoient pris la peine d'en faire ; mais les Copies les plus acheuées en eſtant apportées dans l'Iſle de Portraiture, on ne ſouffrit pas qu'elles vinſſent en commerce. Elles furent reſeruées dans les Cabinets de quelques Curieux, & dans les Archiues de la Ville. Pluſieurs Perſonnes qui eſtoient vn peu au deſſous de ces premieres, auoient encore trauaillé à leur exemple, mais elles auoient donné charge

F iij

que la plufpart de leurs ouurages fuffent tenus fecrets.
On n'emporta pas tout ce
que tant d'illuftres mains
auoient fait. Elles en firent
retirer quelques Pieces par
leur credit. Toutefois quel
moyen y auoit-il d'empef-
cher qu'on ne vift ce qui
auoit déja efté publié en
plufieurs lieux, & dont il y
auoit quantité de Copies
par le Monde? Tandis qu'on
en fuprimoit vne, on en tenoit vne autre de cachée
pour s'en feruir au befoin.
Il reftoit auffi aux Mar-
chands plufieurs beaux Portraits, qui leur auoient efté
donnez volontairement par
ceux-mefmes qui les auoient
faits; Mais il arriua que d'au-

tres Perſonnes ne voulans
pas pour de certaines con-
ſiderations que leurs ouurages fuſſent publiez, prierent
fort les Marchands de les
rendre ; Ils retirerent d'eux
les originaux, & les copies,
& pour les dédommager,
leur ayant donné quelque
argent, les Marchands vi-
rent qu'apres leur auoir rendu le tout, ils auoient gagné
autant qu'ils euſſent fait par
le debit & le commerce ; &
de plus ils ſe mirent hors du
peril de faire des ennemis.
Les Chariots eſtoient déja
chargez, & commençoient
à marcher, lors qu'il ſe pre-
ſenta encore quelquesHom-
mes tenans des Lettres miſ-
ſiues & des Procurations de

plufieurs Dames de diuerfes Contrées, qui vouloient em-pefcher qu'on ne fift mar-chandife de leurs Portraits ; Les vnes reprefentoient qu'-elles eftoient Filles ou Veu-ues, & que felon l'eftat de leurs affaires, le moins qu'on pouuoit parler d'elles, c'ef-toit le meilleur ; Les autres difoient, qu'elles eftoient mariées, & en la puiffance de leur Mary, de qui l'inten-tion ne feroit pas poffible qu'on allaft publier toutes leurs humeurs , & toutes leurs intrigues les plus fecre-tes ; Qu'elles n'auoient tra-uaillé à leurs Portraits que pour plaire à leurs plus inti-mes Amies, & pour fe diuer-tir eftant feules, fans qu'el-

les voulussent que cela fust communiqné à tant de personnes. Enfin leurs Agens ou Solliciteurs cöcluoient pour
toutes ensemble, que leurs ouurages ayans esté des ouurages libres, il n'estoit point à propos qu'on les allast
vendre publiquement; & que la pluspart leur ayant esté dérobez par surprise, il estoit juste de les rendre.
Quelques-vns de ces Hom-
mes qui s'estoient auisez de presenter Requeste aux Iu-
ges de la Ville, & qui auoient obtenu d'eux vn jugement solénel pour rauoir certains Portraits, furent conténtez sur le chãp, les Chariots s'estant vn peu arrestez. Quant aux autres, tout ce qu'ils pû-

rent gagner, ce fut qu'on
ne mettroit point au deffus
des Portraits qu'ils demandoient, le nom des Dames
qui les auoient faits ; Auffi
la plufpart de celles qui fe
plaignoient, n'auoient pas
donné charge de payer ce
qu'elles vouloient qu'on leur
rendift ; & les Marchands
eftant preffez d'acheuer leur
voyage, fortirent de la Ville
fans s'arrefter plus long-
temps. On nous apprit qu'ils
auoient efté incontinent au
Port, où leurs Tableaux
ayant efté emballez & mis
dans les Vaiffeaux, ils auoient
leué les anchres, & pris la
route de France, auec refo-
lution de retourner bien-
toft dans l'Ifle fe fournir de

semblable marchandife, au cas qu'ils euffent bon debit de la premiere. Pour moy i'employay depuis quelques jours à vifiter les Peintres qui me plaifoient le plus, defirant apprendre quelque chofe d'eux, & i'en voulus voir de toutes les fortes, afin de fçauoir vn peu de tout, pour contenter cette curiofité merueilleufe que i'ay toufiours euë depuis que ie fuis au Monde. Il fe trouua qu'Erotime & Gelafte ayans appris tout ce qu'ils fouhaitoient des Peintres amoureux & des Peintres Comiques, eurent deffein de reuenir en France au mefme temps que moy, de forte que nous nous tinfmes encore compagnie dans le retour; & quand nous fommes arriuez icy, noftre premiere occupation a efté de raconter noftre Voyage à tous nos Amis, & de nous informer fi les Portraits auoient autant de cours qu'auparauant. Nous auons trouué que les Bons font toûiours eftimez, & que les Mauuais font en danger d'eftre méprifez, & d'eftre rompus & brûlez, ou effacez fans aucune remiffion.

FIN